글쓰기
연장통

글쓰기 연장통
비즈니스 프레임을 활용한 글쓰기

1판 1쇄 인쇄 2022년 1월 3일

글쓴이   한호택
발행처   (주)북펀딩
발행인   한호택
등록번호 제2018-000055호
등록일자 2018년 2월 22일
주소   서울특별시 마포구 월드컵로8길 45-8 3층 3003호(서교동 양성빌딩)
전화   (010)7773-7773
팩스   (0504)275-6611
이메일   hohoti@naver.com
ISBN   979-11-965083-9-5 03800

비즈니스 프레임을
활용한 글쓰기

글쓰기
연장통

한호택 지음

북펀딩

'내가 하고 싶은 말은 글쓰기에서도 자기가 가진 최선의 능력을 발휘하려면 연장들을 골고루 갖춰놓고 그 연장통을 들고 다닐 수 있도록 팔심을 기르는 것이 좋다는 것이다. 그렇게 해놓으면 설령 힘겨운 일이 생기더라도 김이 빠지지 않고, 냉큼 필요한 연장을 집어 들고 곧바로 일을 시작할 수 있다'

스티븐 킹이 쓴《유혹하는 글쓰기》내용이다. 이 글 다음에 연장이나 도구를 꺼내기를 기대했지만 단어, 문장으로 이어졌다. 글쓰기에 단어나 문장이 중요하지만 그것은 연장이 아니라 재료다. 나는 도구로 가득 찬 연장통을 만들어 제공하고 싶었다.

도구를 제시하는 글쓰기 책이 있기는 하다. 하지만 브

레인스토밍, 연상법, 마인드 맵 등 기초 수준이고 사용법까지 구체적으로 제시한 책은 드물다. 이 외에도 글쓰기에 유용한 수많은 도구가 있다. 아래는 '스캠퍼' 발상법을 심청전에 응용한 예이다.

스캠퍼로 스토리 구상하기

> **결합하면?** '춘향전'과 결합한다. 선주가 수청을 들면 공양미 3백석을 주겠다고 한다.

> **제거하면?** '왕'을 제거한다. 결혼을 통해 신분 상승하는 심청이가 아니라 자수성가 하는 여인으로 그린다.

> **대체하면?** '공양미'를 장사 밑천으로 대체한다.

> **응용하면?** 수청을 거절한 심청이에게 호감을 품은 부잣집 아들이 심청이를 사랑한다. (춘향전 응용)

> **다른 용도로 사용하면?** '심청전'에 감명 받은 아이가 안과의사가 돼 사람들을 구한다.

> **확대 또는 축소하면?** 선주는 사악한 악당이다. 공양미 3백석을 심청이 몰래 다시 빼앗는다.

> **역발상?** 사실 심봉사는 눈이 멀지 않았다.

이 도구를 사용해 알고 있는 내용을 수십 가지로 바꿔, 구상할 수 있다. 책에는 이런 글쓰기 도구 25가지를 담았다. 모든 장르, 글쓰기 과정에 응용할 수 있고 글이 막혔을 때 뚫는 펌프 역할도 한다.

'거인의 어깨 위에 서라'는 말이 있다. 기존의 연구 성과를 활용하면 더 큰 성과를 거둘 수 있다는 뜻이다. 여기 소개한 도구는 천재들의 치열한 사고의 산물로 이미 비즈니스 등 여러 분야에서 효과가 검증됐다. 더불어 영화 시나리오 등 최근 글쓰기 분야에서 각광받고 있는 틀을 사례를 들어 구체적으로 소개했다. 회사 업무나 일상생활에도 적용할 수 있는데 한 예로 1장 [Will/Can/Must] 틀은 글을 쓸 때 자신의 강점 분야를 파악하는 데 쓰지만, 미래를 계획할 때도 사용할 수 있다.

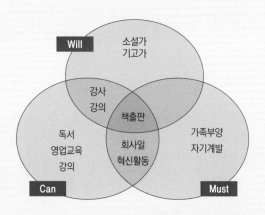

이외에도 도구를 사용의 장점을 몇 가지 소개하면

– 글쓰기를 체계적으로 진행할 수 있다.

– 팔리는 책을 만들기 위한 전략을 수립하고 글쓰기를 시작한다.

– 소재를 발굴하고 논리적, 설득력 있게 전개한다.

– 부족한 부분을 파악해 스스로 보완한다.

– 무작정 글 쓰다 허비하는 시간, 노력 낭비를 줄인다.

– 출간계획서를 작성해 출판사를 섭외한다.

소설 형식으로 글쓰기 경험을 담아 전개해 재미있고 이해하기 쉽게 썼다. 부담 없이 펼치시기 바란다.

2021년 12월
한호택

목차

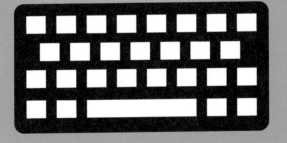

1부

기획하기

책은 10군데가 넘는 신문에 실렸고 '우화 형식으로 쓴 세일즈 책'이란 제목이 달렸다. 얼마 지나지 않아 교보문고 4위에 올랐고 보험사에서 신입영업사원 교재로 썼다. 대성공이었다. 어디를 가나 내 책은 화제가 됐다. 그런 일을 겪으니 'beginner's luck'이라는 영어가 떠올랐다. '초심자의 행운'이라는 뜻으로 새로운 것을 처음 하게 될 때 뜻밖에 맞게 되는 행운이나 성공을 말한다. 문학사에도 그런 일이 많다. 《해리 포터》를 쓴 J.K.롤링 등 많은 작가가 첫 책으로 유명해졌다.

01

내 영역을 찾아주는
[Will/Can/Must]

첫 직장은 삼성이었다. 월급은 먹고 살만큼 나왔고 승진도 때맞춰 했다. 경제적으로는 불만이 없었다. 하지만 10년 정도 다니자 '계속 이렇게 살아도 되나?'하는 의문이 들었고 회사 생활도 즐겁지 않았다. 고민 끝에 이유를 찾았다. 내 꿈은 회사원이 아니었다. 나는 글을 쓰는 작가로 살고 싶었다.

이유를 알았다고 당장 행동으로 옮길 수는 없었다. 가족을 부양해야 했고 어떻게 글을 쓰는지도 몰랐다. 당시 나는 6시그마 MBB Master Black Belt 였다. 혁신담당자를 양성하고 프로젝트를 추진하는 역할이라 관련 방법론과 틀 사용에 익숙했다. 막막한 상황을 돌파하고 싶어 혁신에 사용하는 틀로 내 고민을 정리해봤다. 그렇게 하면 회사 문제를 해결하듯 내 자신의 삶도 바꿀 수 있을 것 같았다.

처음에 사용한 틀이 [Will/Can/Must]였다. 하고 싶은 것will, 할 수 있는 것Can, 해야 하는 것Must을 적은 다음 공통분모를 찾아가는 틀이다. 원래는 조직원의 꿈, 능력, 의무를 종합적으로 파악해 만족도와 성과를 높이는데 사용한다. **추상적인 역량보다 구체적인 일과 기술 중심으로 써야 실현 가능한 결과를 얻을 수 있다.**

먼저 '하고 싶은 것'을 적어보았다. 긴 시간 고민했기에 쉽게 정리할 수 있었다.

– 소설가, 기고가, 책 출판, 강사

주로 글쓰기와 관련된 일이었고 강사는 돈 벌기 위한 꿈이었다. 책을 내고 그 유명세를 이용해 강사로 돈을 많이 번다는 소문을 들었다. 기고가는 내, 외부 잡지에 글을 써서 원고료를 받은 경험이 있어 수입원이 될 것 같아 적었다.

다음으로 '할 수 있는 것'을 정리했다.

– 혁신 활동, 영업 교육, 강의, 독서

혁신과 영업 교육은 회사에서 담당한 업무였고 내부 강의도 자주 했다. '독서가 능력일까?'하는 의문이 들었지만 독서에서 얻은 지식이 글쓰기에 도움이 될 듯싶어 적었다.

'해야 하는 것'은 회사와 가정이 내게 바라는 것을 비롯해 스스로 자신에게 부여한 의무까지 포함한다.

– 자기 계발, 가족 부양, 회사 일

내 좌우명은 '한번뿐인 인생, 하고 싶은 일은 해보고 죽자'다. 회사 생활 10년 동안 10번 이상 보직을 바꿀 정도로 새로운 일에 도전해 자기 계발을 하려 애썼다. 가족 부양은 내게 맡겨진 의무였다.

이렇게 정리한 내용을 [Will/Can/Must] 틀에 맞춰 정

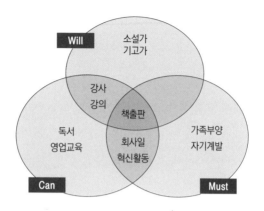

리해 보았다.

3영역에 모두 속하는 일은 책 출판이었다. 책을 출판하면 인세 수입이 생겨 가족 부양에 도움이 되고 유명세를 타면 강의를 해서 강사료도 받을 수 있다.

문제는 '어떤 책을 쓰느냐?'였다. 먼저 떠오른 것은 내가 담당하고 있는 업무인 혁신 분야의 책이었다. 그리고 전에 맡았던 영업 분야도 쓸 수 있을 것 같았다. 생각하다 보니 회사에서 월급 외에 얻는 게 더 있었다. 바로 능력이다. 책 주제로 떠올린 영업과 혁신은 모두 업무를 통해 배운 것이다.

다음으로 부딪힌 어려움이 글쓰기였다. 5장 넘게 글을 써본 적이 없었다. 책을 출판하려면 A4 100장 정도를 써야 하는데 막막하게만 느껴졌다. '회사에서 글쓰기를 가르쳐 주면 얼마나 좋을까?' 실제 회사 업무의 70%는 보고서, 기획서 작성 등 글을 통해 이루어지니 일에도 도움이 될 터이지만 글쓰기 교육은 하지 않았다.

회사에서 배울 수 없다면 내 스스로 필요한 능력을 키워야 한다는 결론에 이르렀다. 어려움에 부딪혔을 때 내가 가장 먼저 찾는 것은 책이다. 나는 인터넷을 검색하고 퇴근하면 가까운 교보문고로 달려가 보이는 대로 글쓰기 책을 샀다. 회사 글쓰기는 물론 소설, 영화시나리오 쓰기 책까지 샀다. 출퇴근길에서, 걸을 때도, 집에 돌아와서도 계속 읽었다. 그렇게 한 달 정도 글쓰기 책만 읽었더니 어느 정도 자신감이 생겼다.

| 실습 | 나를 대상으로 [Will/Can/Must]를 정리해보자. 글쓰기는 물론 내가 원하는 직업, 일을 찾는 데도 유용하다.

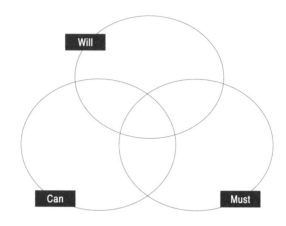

| 메모 |

02

시장 기회를 찾는
[3C 분석]

이제 써야 할 책을 정할 차례였다. 교보문고로 가 베스트셀러에 든 책을 하나하나 살펴보았다. 에세이부터 소설, 경제학에서 과학까지 장르와 분야가 다양했다.

저자 이력을 보니 나름 각 분야에서 전문성을 갖추고 몇 년 간의 경험을 거친 뒤 썼다. 내가 전문성과 경험을 갖고 있는 영역을 써야한다는 결론에 도달했다.

나는 경영혁신과 영업 책을 하나하나 꺼내 읽어보았다. 두 분야의 책만 넘겨보는데 이틀이 걸렸다. 그러고 나서도 내가 쓸 책을 찾지 못했다. 책이 너무 많아 혼란스러웠다.

책장 사이에 앉아 다음 단계로 무엇을 해야 할지 고민했다. 그때 [3C 분석]이 떠올랐다. 3C 분석은 시장 기회를 찾는데 기초가 되는 틀이다.

시장을 자사Company, 고객Customer, 경쟁사Competitor 세 관점에서 분석한다. 경영환경을 파악해 사업방향을 정하는 데 사용하는 틀인데 앞 글자를 따서 3C라 부른다. **내가 써야 할 책을 찾는 용도로 사용하니 자사를 '나'로, 경쟁사를 경쟁 '책'으로, 고객을 '독자'로 바꿔 적용했다.**

먼저 내가 처한 상황을 분석해보았다.

- **겸업**(당분간 회사 다니면서 글을 써야 한다)
- **주말시간 활용**(평일은 글 쓸 시간을 내기 어렵다)
- **무명인**(유명인이 아니라 불리하다)
- **회사원**
- **혁신 전공**
- **영업 전공**

다음으로 경쟁 책을 분석했다. 먼저 혁신과 영업 중에 하나를 선정하기로 했다. 둘 다를 분석하려니 성격이 달라

혼란스러웠고 집중하기 힘들었다. 고민 끝에 영업 책을 먼저 쓰기로 결정했다. 강의를 자주 해 전체 흐름에 익숙했고 관련 자료가 많았다. 혁신 분야는 너무 다양했고 전공자가 아니면 읽기 어려웠다. 경쟁이 심하지 않지만 대중성이 적었다. 세일즈는 종사자가 많았고 내용도 쉬웠다. 잘만 쓰면 많이 팔 수 있을 것 같았다.

세일즈 책을 정리해 보았다.

- **B2C 책이 대세**(B2B 영업 분야는 책이 적었다).

- **기본 강조**(화법, 옷 입는 법, 마인드 등 기본을 강조한 책이 많았다).

- **단계별 구성**(첫 만남부터 마무리까지 세일즈 단계별로 구성했다).

- **업종별 다양함**(보험, 자동차, 자영업 등 여러 종류가 있었다).

내게 익숙한 보험 세일즈로 주제를 정하니 독자를 유추하기 쉬웠다. 일단 보험 설계사, 대리점이고 보험사 교재로 사용되면 대량 판매도 가능했다. 독자층이 분명한 것이 장점이었으나 반면 제한된 사람이 살 테니 단점이기도 했다. 세일즈 책이면서 대중성까지 갖출 수 없을까 고민해봤지만 뾰족한 아이디어가 떠오르지 않았다. 지금까지 떠오른 독자층을 정리해보았다.

　　– **보험설계사, 대리점.**

　　– **보험회사**(교재).

　　– **일반 세일즈맨**(다른 판매원으로 확장).

　　– **일반 독자.**

그런 다음 내용을 [3C 분석] 틀로 정리해 놓고 생각했다.

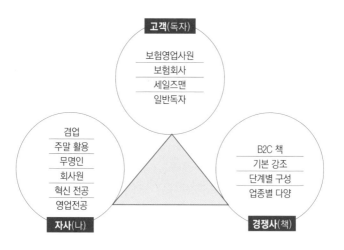

정리된 내용을 보니 아이디어가 추가로 떠올랐다. 회사원이기 때문에 삼성이라는 브랜드와 회사 조직을 이용할 여지가 있었다. 예를 들어 회사 홍보팀을 통해 보도 자료를 뿌릴 수 있고 친분이 있는 다른 보험사 직원을 통해 B2B 영업도 할 수 있었다.

다음 날은 교보문고에 가서 사람들이 사가는 책을 관찰했다. 여성은 에세이와 소설, 남자는 경제와 정보 관련 도서, 청소년들은 학습용 책을 주로 사갔다. 글 쓸 주제를 정하고도 계속 관찰한 이유는 마음에 걸리는 것이 있어서였다. 나는 일반작가로 이름을 알리고 싶었다. 그러려면 보험 세일즈라는 제한된 주제를 넘어 보다 대중성 있는 책을 써야 했다. 그리고 다양한 세일즈 책에서 베스트셀러가 될 방법도 궁리해야 했다. 해법을 찾기 위해 나는 경쟁 책을 더 깊이 분석해 보기로 했다.

● 실습

[3C 분석]을 통해 경쟁사 속에서 내가 처한 위치, 강점과 약점을 알아보자. 시장 기회를 찾아보고 내 능력으로 할 수 있는 성공 포인트도 정리해 보자.

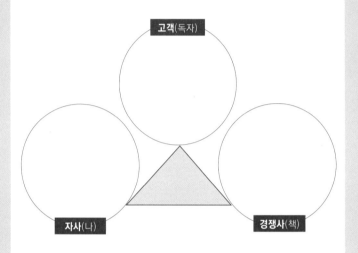

● 메모

_____

_____

_____

_____

_____

03

차별화를 꾀하는
[프레임워크 사고]

[프레임워크 사고]는 네모난 표 형태로 가로축에는 자사와 경쟁사를 나열하고 세로축에는 분석하고 싶은 항목을 적는다. 마케팅을 분석할 때는 [4P 분석] 항목인 제품 Product, 가격 Price, 유통 Place, 판매 촉진 Promotion 을 적고, 기업을 둘러싼 환경을 분석할 때는 [PEST] 항목인 정치 Politics, 경제 Economy, 사회 Society, 기술 Technology 을 넣는 식이다.

나는 경쟁 책을 분석할 목적이라 저자, 핵심내용, 예상 독자, 판매 점수로 세로축을 구성했다. 인터넷 검색만으로도 쉽게 얻을 수 있는 정보였다. 성격이 다르면서 판매 점수가 높은 책 3권을 선정해 비교해보았다.

	내 책	경쟁 책 A	경쟁 책 B	경쟁 책 C
저 자	보험영업 교육센터장	자동차 판매왕	외국 보험사 지점장	회사 법인영업담당
핵심내용	미정	영업 기초	세일즈 프로세스	B2B 영업
예상 독자	보험회사 영업사원	세일즈맨 전체	보험회사 교육 자료	회사 영업담당직원
판매 점수	미정	5,700점	3,200점	2,800점

분석한 내용을 참고해 영업기초에 대해 쓰기로 결정했다. 판매점수가 가장 높았고 내가 한 강의와 겹치는 부분이 많아 이 분야를 다루면 독자층을 세일즈맨 전체로 확장할 수 있을 것 같았다. 주말을 활용해 꾸준히 썼지만 30장을 넘기지 못했다. 말로 하는 강의와 글로 쓰는 것은 차이가 컸다. 강의에서는 실습을 시키고 코칭하면서 시간을 보낼 수 있지만 글로 쓸 때는 그럴 수 없었다. 30장을 쓰고 나자 더 쓸 게 없었다. 의자에 앉아 무엇을 쓸까 고민하는 날이 길어졌다.

일요일 아침부터 교보문고로 갔다. 해결책을 찾을 때까지 나오지 않을 생각이었다. 영업 책을 다 뒤져보았지만 해법이 떠오르지 않았다. 글쓰기의 어려움을 알고 나자 예전에 막 넘겨가며 읽던 한 장 한 장이 무겁게 느껴졌다. 한 바퀴 돌아 베스트셀러 진열대 앞에 서서 1위하는 책을 보았다. 《누가 내 치즈를 옮겼을까?》라는 경제 우화였다. 40만 부 넘게 팔렸다는 기사를 신문에서 읽었다. 책을 넘겨보는데 '내 책도 우화로 쓰면 어떨까?' 하는 생각이 들었다. 세일즈 책 중에 우화 형식의 책은 없었다. 스토리를 입히면 재미도 있고 분량도 늘리기 쉬울 듯했다.

서점에 앉아 세일즈와 엮을 스토리를 고민해보았다. 한국 사람이면 누구나 알고 있을 단군신화에서 곰이 마늘을 먹고 여자가 된 설화가 떠올랐다. 생각은 꼬리를 물고 이어져 '호랑이에게 아빠를 잃은 어린 곰이 마늘을 팔아 부상당한 엄마를 치료하는 이야기'라는 줄거리가 완성됐다.

생각보다 글이 잘 써졌다. 익숙한 설화를 따라가다 중간중간 막힐 때 세일즈 지식을 넣는 식으로 스토리를 이어나갔다. 다 쓰고 나니 A4 54장이었다. 나는 미리 썼던 30장을 현실을 배경으로 한 소설 형식으로 바꾸고 그 사이에 곰 이야기를 넣었다. 액자소설식 구성이었다. 교재로 사용하기 쉽도록 각 장이 끝날 때마다 주요 내용을 요약해 실었더니 모두 91장이 되었다.

이제 출판할 차례였다. 지금까지 원고를 쓰는 데만 집중했지 어떻게 출판할지는 생각하지 못했다. 나는 그쪽 계통에서 일하는 지인에게 부탁해 출판사 사장을 소개받았다. 사장은 유명보험사에서 영업교육을 한 내가 쓴 책에 호의를 보였다. 조마조마한 심정으로 원고를 읽는 얼굴만 바라보고 있는데 사장이 말했다.

"좋습니다. 저희 출판사에서 내겠습니다. 단, 조건이 있습니다."

"조건이요?"

"책 한 권 출판하는데 천만 원 돈이 듭니다. 책이 팔리지 않으면 손해가 크니 절반인 오백만 원만 지원해주십시오."

책을 내 인세를 받으려 했는데 오히려 돈을 달라니 기가 찼다.

"작가가 인세를 받아야지 왜 돈을 냅니까? 출판을 안 하면 안 했지 그렇게는 할 수 없습니다."

자존심이 상해 원고를 들고 일어서는 나를 사장이 잡

았다.

"좋습니다. 비용은 지원 안 하셔도 됩니다. 대신 사장님 추천사를 받아주십시오."

"그건 왜요?"

"무명작가라 인지도가 부족하니 보완하기 위해서입니다."

일리가 있었다. 대기업 사장 추천사가 붙으면 다른 보험사에 팔기도 쉬울 것이다.

"요청은 해보겠지만 써주실 지는 모르겠습니다."

"만약 안 써주시더라도 출판하겠습니다."

집에 돌아온 나는 요약본을 썼다. 바쁜 사장이 원고 전체를 읽을 리 없기 때문이다. 다음 날 출근하자마자 사장에게 추천사를 부탁하는 메일을 쓰고 요약본을 첨부해서 보냈다. 오후에 답신이 왔다. 클릭하니 '추천사를 쓰겠다. 수고했다'는 내용이었다. 안도의 한숨이 나왔다. 사장이 추천사를 쓰기로 했다는 말을 들은 출판사 사장이 기뻐했다. 일주일 뒤 추천사를 받자마자 홍보팀으로 가서 사장님 추천을 받았으니 홍보를 도와달라고 부탁했다. 뒤에 앉아 듣고 있던 홍보팀장이 신문사에 보도 자료를 내라고 지시했다.

책은 10군데가 넘는 신문에 실렸고 '우화 형식으로 쓴 세일즈 책'이란 제목이 달렸다. 얼마 지나지 않아 교보문고 4위에 올랐고 보험사에서 신입영업사원 교재로 썼다. 대성공이었다. 어디를 가나 내 책은 화제가 됐다. 그런 일을 겪으니 'beginner's luck'이라는 영어가 떠올랐다.

'초심자의 행운'이라는 뜻으로 새로운 것을 처음 하게 될 때 뜻밖에 맞게 되는 행운이나 성공을 말한다. 문학사에도 그런 일이 많다. 《해리 포터》를 쓴 J.K.롤링 등 많은 작가가 첫 책으로 유명해졌다.

● 실습

경쟁사(책)를 비교, 분석해보자. 좋은 점은 받아들이고 나만의 차별성을 돋보이게 할 아이디어를 떠올려보자.

	자사(나)	경쟁 A	경쟁 B	경쟁 C

● 메모

_____

_____

_____

_____

_____

_____

_____

04

전략 수립을 돕는
[SWOT 분석]

'목표를 달성하기 위한 기획'을 전략이라 한다. 영리추구를 목표로 하는 기업에서 전략 수립은 필수 작업이다. 첫 책이 성공한 후 나는 진짜 작가로 발돋움 할 전략을 수립하기로 마음먹었다.

수많은 비즈니스 전략 수립 방법론이 있지만 크게 외부 환경을 이용하려는 '포지셔닝파'와 내부 역량을 중시하는 '케이퍼빌러티파'로 나눌 수 있고 이 둘을 하나의 표에 담은 게 [SWOT]이다. 외부 환경을 '기회'와 '위기', 내부 역량을 '강점'과 '약점'으로 나눠 4가지 관점에서 회사에 미치는 영향을 분석한다. 각 항목에 넣어야 할 내용은 다음과 같다.

– 기회 : 자사에 유리한 외부 환경

– 위협 : 자사에 불리한 외부 환경

– 강점 : 목표 실현에 도움이 되는 내부 역량

– 약점 : 목표 실현을 방해하는 제약 요소

나는 표를 그린 다음 내용을 채워 넣었다.

	좋은 영향	나쁜 영향
내부 역량	강점 Strengths • 원고 완성 능력 • 출판 경험 • 축적한 강의 자료 • 회사에서 배운 지식 • 스토리로 정보 전달할 수 있음	약점 Weaknesses • 글쓰기 실력이 부족함 • 경험과 소재가 제한됨 • 습작 원고가 적음

외부 환경	기회 Opportunities
	
	• 경영혁신 최신 트렌드 배움
	• 회사원으로 유리한 점이 있음
	  (추천사, 보도 자료 등)
	• 첫 책의 성공으로 좋은 레퍼런스 쌓음
	• 스토리 형식의 정보전달서가
	  잘 팔림
		위협 Threats
		
		• 회사 업무로 인한 시간 제약
		• 외부 강의를 할 수 없음
		• 거래 출판사가 한 곳임
		• 동료의 비판적 시선
		• 경쟁 책이 많음

내부 역량에서 강점은 원고 완성 능력과 출판경험, 스토리로 정보를 전달할 수 있다는 점이었다. 회사에서 배운

지식과 더불어 사내 강의를 하면서 축적한 자료도 있었다. 반면 회사에 매여 생활하다 보니 경험과 소재가 제한되고 글쓰기 실력이 부족한 것이 약점이었다.

외부 환경에서 기회는 회사 조직을 활용할 수 있고 혁신부서에서 일하며 최신 트렌드를 배울 수 있다는 점이었다. 첫 책이 성공해서 좋은 레퍼런스를 쌓았고 여전히 스토리 형식의 정보전달서가 잘 팔려 내게는 유리했다. 반면 글쓰는 시간이 부족하고 불규칙한 점, 딴짓 한다는 동료들의 비판적인 시선, 그 때문에 외부 강의 요청이 있었음에도 할 수 없었다. 형편이 좋지 않은 소형출판사와 계약해 인세를 받지 못하는 것도 불리한 점이었다.

상황 파악을 한 다음 전략을 세웠다. 전략 수립은 SWOT의 발전된 형태인 [크로스 SWOT]을 활용한다. 강점과 약점을 가로축, 기회와 위협을 세로축으로 해서 표를 만들고 서로 만나는 4개의 칸에 적합한 전략을 수립한다. 전략 수립의 원칙은 다음과 같다.

– **전략 1**(강점+기회) : **적극 추진**

– **전략 2**(강점+위협) : **위협 요소에 대한 대책 마련**

– **전략 3**(약점+기회) : **약점을 보완하면서 기회를 살림**

– **전략 4**(약점+위협) : **회피 또는 보류**

일반적으로 강점과 기회를 함께 살릴 수 있는 전략 1 수립에 가장 힘을 쏟는다. 전략 1이 성공하면 다른 전략에도 긍정적인 영향을 미치기 때문이다. 전략 2와 3은 단점을 보완하면서 추진하고, 전략 4는 문제가 생기지 않는 선에서 관리한다. 이런 점을 고려해 수립한 전략은 다음과 같다.

		강점 (Strength)	약점 (Weakness)
		강점 내용 서술	약점 내용 서술
기회 (Opportunity)	기회 내용 서술	• 강의 자료와 책을 참고해 다양한 글쓰기 소재 발굴하기 • 경영혁신 책 쓰기 • 스토리(소설) 또는 스토리형 정보 전달서 쓰기 • 회사, 회사원으로서 입지 활용	• 글쓰기 실력을 키우기 위해 학원 다니기 • 독서클럽 등 사회 활동 확대 • 습작 활동 확대
위협 (Threat)	위협 내용 서술	• 글쓰기 목표를 정해 부족분은 주말에 쓰기 • 내부 강의 확대(강사 준비) • 대형 출판사 섭외하기 • 글쓰기 동료에게 비밀로 하기 • 경쟁 책과 다른 차별적 기획	• 새벽 시간 규칙적으로 글쓰기 • 미래를 위해 외부 교육업체와 인맥 쌓기 • 성장기 경험에서 나온 소재 발굴 • 글쓰기를 배울 수 있거나, 시간 여유가 있는 부서로 전배 신청

회사에 다니면서 글 쓰는 게 쉽지 않았다. 글쓰기 실력이 달리는데 쓸 시간도 부족한 게 최우선 해결 과제였다. 목표를 정해 놓고 매일 새벽 5시에 일어나 규칙적으로 쓰면서 주말에 부족분을 채웠다. 정식으로 글쓰기를 배우려 문예창작과를 검색했지만 야간반은 없었다. 차선책으로 영화시나리오 학원에 등록해 주 1회 교육을 들었다. 학원을 다니니 여러 이점이 생겼다. 실습 위주 교육이라 다양한 소재를 발굴해야 했고, 회사원이 아닌 친구들을 사귀며 시야가 넓어졌다.

책을 출판하면 주변에서 칭찬할 줄 알았는데 질시의 눈길이 더 느껴졌다. '글 쓰느라 회사 업무에 소홀하다'는 뒷말이 나돈다는 소문을 듣고 글쓰기를 비밀로 했고 출근해서는 회사 일에 열중했다.

하지만 글쓰기를 멈추지 않았다. 첫 책의 성공에 고무된 나는 마음속으로 벌써 다음 책을 기획하기 시작했다. 내가 담당하고 있는 경영 혁신 책을 쓸 계획이었다. 혁신 책은 독자층이 뚜렷한 대신 대중성이 없는 게 단점이었다. 단점을 극복하기 위해 나는 예상 독자를 인터뷰했다. 회사에서 신제품을 만들 때 가장 먼저 하는 작업이었다. 예상 독자는 멀리 있지 않았다. 나와 같은 일을 하는 부서원들이 예상 독자였다.

● 실습

전략 수립의 기본 요소인 나의 강점/약점과 외부의 기회/위협 요인을 파악해 보자.

	좋은 영향	나쁜 영향
내부역량	강점 Strengths	약점 Weaknesses
외부환경	기회 Opportunities	위협 Threats

● 메모

_____

_____

_____

_____

_____

● 실습

앞에서 정리한 강점/약점, 기회/위협 요인을 참고해 내게 맞는 전략을 구상해 보자. 특히 강점 + 기회 요인을 최대한 활용할 수 있는 전략을 수립하자.

	강점 (Strength)	약점 (Weakness)
기회 (Opportunity)		
위협 (Threat)		

● 메모

_____

_____

_____

_____

_____

05 예상 독자를 파악하는 [페르소나 차트]

페르소나persona는 상품이나 서비스를 이용하는 대표 고객을 말하고 이를 글로 정리한 것을 [페르소나 차트]라고 한다. 원래는 인물의 성격이나 정체성을 뜻하며 영화에서 감독의 의도를 표현하는 배우를 말하지만 비즈니스에서는 전형이 되는 타깃 고객을 일컫는다. 페르소나를 정리하는 이유는 고객에 대한 정보를 알아야 그가 원하는 제품을 만들 수 있고, 함께 일하는 사람이 공통된 이미지를 가져 혼선을 줄일 수 있기 때문이다. 정리할 때는 나이나 성별 같은 기초 정보는 물론 욕망과 느낌, 생각까지 깊이 있게 파악한다.

깊이 있는 정보를 얻기 위해 페르소나 차트에 더해 [고객 프로파일링Customer profiling] 질문을 추가하기도 한다. 고객 프로파일링에서는 고객이 원하는 혜택, 피하고 싶은 불만, 하고 싶은 활동 3가지를 파악한다. 각 질문은 다음과 같다.

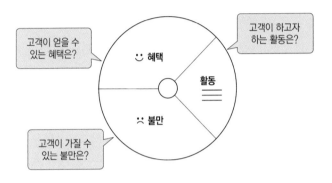

고객이 원하는 혜택을 알아보기 위한 질문

    – 고객이 시간, 비용, 노력 중 어떤 분야의 혜택을 더 원하는가?

    – 고객이 즐기는 구체적 기능 또는 서비스는 무엇인가?

    – 고객이 원하는 긍정적인 결과는 무엇인가?

고객이 가질 수 있는 불만

    – 고객이 너무 과하다고 생각하는 비용은 어느 정도인가?

– 고객이 지적하는 문제점이나 짜증나는 점은 무엇인가?

– 고객이 두려워하거나 위험 부담을 느낄 수 있는 결과는 무엇인가?

고객 활동을 알아보기 위한 질문

– 고객이 특정 업무를 완수하거나, 해결하려는 활동은?

– 고객이 멋지게 보이게 하거나, 사회적 영향력을 키우기 위한
활동은?

– 고객이 기분 고양이나 정서적 안정을 찾기 위한 활동은?

내가 일하고 있는 6시그마추진팀은 특수조직이다. 여러 부서에서 파견한 직원들이 모여 함께 일을 한다. 나는 친한 동료 몇 명에게 '어떤 6시그마 책을 원하느냐?'고 물었다.

동료들에게서 나온 주된 의견은 다음과 같았다.

– 6시그마는 통계 기법이 너무 많고 어렵다

– 제조업 책은 많으나 우리 회사와 같은 서비스업을 다룬 책이
없다

정리하면 서비스업 사례를 다룬 이해하기 쉬운 6시그마 책을 원한다는 이야기였다. 인터뷰 주제와 별개로 바쁘고 힘든 업무로 체력에 한계를 느끼는 사람이 많았다. 때문에 주말에는 집에서 밀린 잠을 자거나 운동을 했다.

다음으로 지점 혁신 담당자를 인터뷰했다. 추진팀의 지시로 지점에서 본업을 하면서 6시그마를 담당하는 사람들이다. 아이디어보다 불만을 많이 들었다.

- 본업도 벅찬데 혁신 작업까지 하려니 너무 힘들다
- 쉽게 해결할 수 있는 일도 괜히 통계니, 방법론이니 따라 하라고 해서 형식적으로 한다
- 야근은 물론 주말에도 나와 일해서 가정생활이 엉망진창이 돼가고 있다

겉으로는 6시그마의 필요성을 설득했지만 공감 가는 부분이 많았다. 마지막으로 일반 회사원을 인터뷰했다.

- 6시그마를 배우고 싶어 책을 봤는데 이해하기 어렵다

지점 담당자와 비슷한 대답이 나왔다. 이들도 쉽고, 실용적인 방법을 원했다. 그리고 대부분 일과 삶의 균형Work-life balance을 호소했다.

인터뷰한 사람들에게서 가장 많은 대답이 나온 내용을 융합해 가상의 인물을 상정하고 [페르소나 차트]를 정리했다. 고객 프로파일링으로 조사한 내용을 포함시켰다.

이름	홍길동	가족 관계	아내 1(맞벌이), 아들 1(운동부, 초3년), 딸 1(피아노, 초1년)	비주얼 이미지	
성별	남자	사는 곳	경기도 광명시 아파트		
나이	40세	취미	운동, 등산, 자전거		
직업	회사원	휴일을 보내는 방법	잠, 외식, 영화 보기, 운동		
연봉	5천만 원	가치관	가족 중심적, 돈과 경제에 관심 큼		
주요 활동	• 회사 업무는 본업과 혁신 활동 • 야근을 많이 하고 운동은 부족함 • 주말을 가족과 함께 보내고 싶어 함		읽고 싶은 혁신 책	• 쉽고, 재미있는 책 • 서비스업 사례를 다룬 책 • 실용적인 책	
책에서 원하는 혜택	• 일과 생활의 균형에 도움 • 가족 문제 해결에 도움 • 건강 문제에 도움		피하고 싶은 불만	• 어려운 책 • 통계 기법을 많이 쓰는 책 • 형식적인 일	

페르소나 차트를 읽으니 내 모습이 보였다. 회사 이름을 앞에 붙여 'XX맨'이라고 부르듯 회사원의 모습은 천편일률적인 데가 있었다. 책을 써야 하는 내 입장에서는 이해하고, 공감하기 쉬워 편했다. 종합한 결과, 재미있고 실행하기 쉽고 서비스업 사례로 엮은 6시그마 책을 써야 했다.

먼저 서비스업 사례를 수집했다. 국내에서는 자료를 구하기 어려워 인터넷을 뒤져 외국 책을 구입했다. 읽고 정리하는 데만 한참 걸렸다. 부족한 부분은 경제연구소에서 일하는 지인을 통해 자료를 구했다.

재미를 더하기 위해 지난번처럼 소설 형식으로 쓰기로 했다. 전문서적이라 배경지식을 넣으려니 흐름이 끊겨, 앞부분은 소설로 쓰되 뒷부분에 용어해설을 넣는 식으로 구성했다. 용어해설만도 절반 분량이 됐다.

가족 문제, 건강 문제 등 일상 문제를 6시그마로 풀어나가는 과정을 주제로 정했다. 나도 고민하는 문제였기에 어느 정도 해법을 제시할 수 있을 것 같았다.

개략적으로 줄거리를 정하고 보니 추리소설과 비슷했다. 추리소설에서 탐정은 여러 가지 원인을 가정한 다음 검증을 통해 진짜 원인을 밝혀내는데 6시그마와 방법이 같다. 6시그마도 여러 원인을 가정한 다음 통계를 이용해 핵심원인을 찾아낸다.

[페르소나 차트] 역시 소설과 관련이 있었다. 소설에서는 인물이 가장 중요하고, 주제를 대표하는 사람을 주인공으로 설정한다. 비즈니스에서 대표 고객이 소설에서는 주인공이었다.

● 실습

예상 독자를 상정하고, 그 사람을 상상하며 글을 쓰자.

이름		가족 관계		비주얼 이미지
성별		사는 곳		
나이		취미		
직업		휴일을 보내는 방법		
연봉		가치관		
주요 활동			읽고 싶은 책	
책에서 원하는 혜택			피하고 싶은 불만	

● 메모

_____

_____

_____

_____

_____

06

    '6시그마'로 분야를 정하고, 잠재독자를 파악해, 소설과 정보를 합친 구성으로 기획안을 완성했다. 책 제목과 부제도 정했다. 주제를 반영한 제목이 있어야 그에 맞는 글을 써나갈 수 있을 듯싶었기 때문이다. 가제를 'Vital X'로 정했는데 '핵심 원인'이라는 뜻이다. 부제는 '하루만에 배우는 6시그마'로 쉽게 배울 수 있다는 의미를 담았다.

    이어 개발 계획서를 작성했다. 회사에서 사용하는 '일정 계획표'와 비슷한데 글쓰기 책에서는 [집필 계획서]라 불렀고 대부분 목차를 따라가며 일정을 정했다. 일반적으로 목차 순서는 부 → 장 → 절 → 중 → 소제목으로 나눠가는데 내용에 따라 '부'를 없애고 '장'만으로 하는 등 다양하게 구성한다. 나는 1부를 '소설로 배우는 6시그마' 2부를 '방법론으로 배우는 6시그마'로 나눈 다음 장으로 분할해나갔다. 정보를 전달하는 2부는 장으로 나누기 쉬웠다. 6시그마 방법론이 정의 → 측정 → 분석 → 개선 → 관리영어 앞 글자를 따서 DMAIC라 부른다의 5단계로 정해져 있었기 때문이다. 여기에 에필로그를 추가하니 2부는 6장이 됐다. 1부 소설 부분도 5장으로 나눴다. 이렇게 해서 목차가 완성됐다. 다음으로 각 장마다 제목을 달고 써야 할 내용을 간략하게 정리한

목 차	내용(개조식)	목표일	보완사항
1부 1장 먹구름은 몰려서 온다	• 주인공의 좌천 • 폐업 위기 지역으로 전근 • 아내의 이혼 요구 • 장인의 암 투병	1월 15일	• 이혼 문제를 어떻게 6시그마로 해결할 지 고민 • 유사 사례 수집

다음 목표일을 정했다.

앞의 표는 이렇게 완성된 [집필 계획서]다.

집에서는 글을 써야 하니 전철에서 책을 읽는데 '출간 제안서 투고하기'라는 목차가 눈에 띄었다. 펼쳐 보니 제안서 작성부터 투고 방법까지 상세하게 설명해 놓았다. 제안서에 넣어야 할 사항이 [프레임워크 사고] [페르소나 차트] 등 전에 정리해 놓은 것과 겹치는 내용이 많았다. 나는 출간 제안서를 작성해 대형출판사에 투고하기로 결심했다. 대형출판사에서 출간하면 책 제작이나 마케팅 면에서 전보다 나을 듯싶었다.

아직 원고가 완성되지 않았지만 일부 내용을 담은 샘플 원고만으로 계약할 수 있고, 출판사도 이를 선호한다고 써 있었다. 미리 글쓰기 방향을 정할 수 있어 다 쓴 원고를 고치는 것보다 합의하기 쉽기 때문이다.

[출간 제안서]에 들어가야 할 내용은 다음과 같다.

– 제목

– 부제

- 주제 및 개요

- 콘셉트와 차별성

- 예상 독자(대상 독자)

- 저자 소개

- 경쟁서 분석 및 시장 상황

- 마케팅 계획

- 목차

- 집필 일정(현재 완성도)

'마케팅 계획'을 빼고는 미리 정리한 자료를 참고해 쉽게 쓸 수 있었다. 완성된 [출간 제안서]는 52p의 표와 같다.

앞부분에는 주요 내용을 표로 요약해 담고 그 아래 '저자 소개' 등 중요 내용을 풀어서 이해하기 쉽게 구성했다. 특히, 책을 출간하면 출판사에 득이 되는 이유를 강조했다. 첫 책이 좋은 결실을 낸 게 큰 힘이 되었다. 나는 더 이상 무명작가가 아니었다. '마케팅 계획'은 쓰기 힘들었지만 첫 책을 냈을 때 실행했던 내용에 덧붙여 '출판사와 협의해 진행하겠다'고 솔직히 썼다. 끝으로 현재까지 완성한 부분과

구분	내용
제목	• Vital X : '핵심 원인 ' 이라는 뜻으로 6시그마 주요 용어
부제	• 하루만에 배우는 6시그마: 일반인들이 어려워 하는 6시그마를 쉽게 배울 수 있다는 뜻임
주제 및 개요	• 혁신 방법론인 '6시그마' 를 쉽게 이해하고 응용할 수 있는 책
콘셉트와 차별성	• 소설 형식을 접합해 6시그마를 재미있게 배울 수 있음 • 가족 문제 등 일상 생활에서 흔히 발생하는 문제를 6시그마 기법으로 해결하는 예시를 보여줌 • 국내에 알려지지 않은 6시그마 서비스 사례를 다양하게 소개함
예상독자 (대상독자)	• 6시그마 혁신 담당자 • 6시그마를 배워야 하거나, 배우고 싶어하는 일반 회사원 • 취업을 앞두고 있는 대학생 등
저자 소개	• ○○회사 혁신담당자로 6시그마 MBB • 영업교육 책 '반달의 다른 반쪽은 어디에 있을까'가 교보문고 4위에 오름 • '한국시나리오 학원' 전문반 수료
경쟁서 분석 및 시장 상황	• 국내 대기업이 6시그마를 활발하게 도입 중 • 제조업 사례를 다룬 6시그마 책이 있으나 일반 문제, 서비스 사례를 다룬 책은 없음
마케팅 계획	• 회사를 통해 보도자료 배포 • 지인인 타사 6시그마 혁신 담당자를 통한 홍보 (이 부분은 잘 알지 못하니 출판사와 협의해 진행하겠음)
목차	• 1부 1장 : 먹구름은 몰려서 온다……

예상 목표일을 소개하고 지금까지 쓴 글 중 주요 내용을 짜 깁기 해 '별첨'으로 붙였다.

이제 출간 제안서를 보낼 차례였다. 인터넷을 검색해 원고와 비슷한 성격의 책을 내는 출판사를 13군데 추렸다. 그런 다음 회사 규모와 이전에 낸 책을 검토해 순위를 매겼다. 모든 출판사에 한꺼번에 보낼까, 한 군데씩 보낼까 고민하다 하나씩 보내 놓고 일주일이 지나도록 답이 안 오면 다른 곳에 보내기로 결정했다. 동시에 여러 출판사에서 출판하겠다는 응답이 오면 곤란해질 수 있기 때문이다. 홈페이지마다 투고를 받는 이메일 주소가 있었다. 1순위 출판사에 [출간 제안서]를 보내니 사흘 후 전화가 와 합정역 근처 커피숍에서 만났다.

여성 편집자였다. 긴장해 있는 나를 편하게 해주려는 듯 웃으며 말을 이끌어주는 모습이 마음에 들었다. 질문에 이것저것 대답하고 나니 편집자가 말했다.

"저희 출판사에서 작가님의 옥고를 출판하겠습니다. 다만 제목은 바꾸는 게 나을 듯합니다. 'Vital X'는 생소한 느낌이 들고 눈에 띄지도 않습니다. 부제인 '하루만에 배우는

6시그마'를 제목으로 하면 어떻겠습니까?"

출판사 편집자에게서 처음 듣는 '작가님'이라는 호칭이 신기하고 좋았다.

"좋습니다. 다른 보완할 점은 없습니까?"

"지금으로서는 없습니다. 완성된 원고를 봐야 알겠지만 구성이 좋고 글도 잘 쓰셔서 수정할 부분이 많지 않을 것 같습니다."

그 자리에서 편집자가 내민 계약서에 서명했다. 계약서에는 출판사에 원고를 넘겨야 할 마감일이 적혀있었다.

"마감일을 꼭 지켜야 합니까?" 시한을 못 지킬까 걱정됐다.

"작가님께서 정하시면 됩니다. 여기 집필 계획서에 쓰신 최종 목표일로 바꾸면 어떨까요?"

그렇게 하기로 약속했다. 전에는 회사 업무 등 여러 핑계를 대며 미루는 경우가 있었지만 계약서를 쓴 뒤로는 반드시 일정을 지켰다. 목표일이 분명해지니 더 열심히 글을 쓰게 됐다. 완성된 원고를 제출하고 2개월 후 책이 나왔다.

● 실습

실행 없이 완성되는 일은 없다. 책을 출판하고 싶다면 먼저 [집필 계획서]를 만들고 이에 따라 글을 써서 완성해야 한다.

목 차	내용(개조식)	목표일	보완사항

● 메모

_____

_____

_____

_____

_____

● 실습

글쓰기와 병행해 [출간 제안서]를 써서 출판사에 보내면 원고에 대한 조언을
비롯해 여러 도움을 받을 수 있다.

구분	내용
제목	
부제	
주제 및 개요	
콘셉트와 차별성	
예상독자(대상독자)	
저자 소개	
경쟁서 분석 및 시장 상황	
마케팅 계획	
목차	

07 해온 일을 성찰하고 개선하는 [YWT]

책이 출판되고 휴식을 가졌다. 지나온 일을 성찰하고 개선하기 위해서였다. 성찰 도구로는 [YWT]를 사용했다. YWT는 일본 회사에서 사용하는 틀로 한 것Yatta Koto 배운 것Wakatta Koto 할 것Tsugiyaru Koto 세 가지를 정리한다.

비슷한 성찰도구로 미국에서 개발한 PDCAPlan-Do-Check-Act가 있다. 계획하고 실행한 다음 목표와의 차이가 발생한 이유를 파악해 개선 활동을 하는 방법이다. **반면 YWT는 '배움'을 중시하는 개인 중심적인 틀이라 조직원의 성장에 도움을 주고 경험에서 나온 지혜를 발굴할 수 있다.** 나는 개인적인 목적, 즉 글쓰기 과정을 성찰하기 위한 목적이라 YWT를 사용했다.

'한 것'을 정리하니 뿌듯했다. 몇 안 되는 내용이지만 내가 살려는 모습이고 책을 출간한다는 꿈도 이뤘다.

- **책 2권 출판**(영업, 혁신도서)

- **글쓰기 공부**(시나리오학원 전문반 수료)

- **자기계발**(글쓰기 능력 향상, 틀 사용에 익숙해짐)

- **사회생활 확대**(학원, 출판사, 교육업체 인맥 확대)

배운 점도 많았다. 배움은 늘 내게 기쁨을 준다.

- 쓸 수 있다는 자신감을 얻음

- 업무 하면서 배운 지식이 책 쓰기에 도움이 됨

- 글 쓰면서 모르는 부분을 공부하니 자기 계발에 도움이 됨

- 글 구상, 표현을 하니 창의력, 논리력이 향상됨

- 계획하고 반성하기를 생활화 함

- 글쓰기를 통해 소통하는 법을 배움

그런 다음 앞으로 '할 것'을 생각해보았다. 어느 작가가

글을 쓰는 이유에 대해 말한 것을 들었는데 마음에 남았다. 첫째는 사회 비판, 개선이고 다른 하나는 자신의 정체성을 찾는 것이다. 글쓰기가 정체성을 찾는 데 도움이 된다는 말이 명확하게 이해되지 않았지만 와닿는 점이 있었다. 글을 쓸 때 자신의 경험, 느낌을 반영하게 된다. 그러면서 나란 사람이 좋아하는 것, 싫어하는 것을 알게 된다. 경험했던 일을 반추하면서 반성하게 되고 글로 써 흘려버림으로써 묵은 상처가 치유된다. 사회 개선, 정체성 확인, 독자에게 도움이라는 3가지를 기준 삼아 할 일을 기획했다.

– 새로운 글 구상

– 순수소설 등 글쓰기 영역 확대

– 홍보팀으로 갈 수 있는 능력 키움

– 업무 글쓰기 숙달 (회사와 동료에 도움이 됨)

– 회사원도 작가가 될 수 있음을 알림 (사명감이 듦)

– 작가로 생활할 수 있는 기반 마련

다음은 이렇게 정리한 [YWT]다.

한 것 (Yatta Koto)	할 것 (Tsugiyaru Koto)
• 책 2권 출판(영업, 혁신도서) • 글쓰기 공부(시나리오학원 전문반 수료) • 자기계발(글쓰기 능력 향상, 틀 사용에 익숙해짐) • 사회생활 확대(학원, 출판사, 교육업체 인맥 확대)	• 새로운 글 구상 • 순수소설 등 글쓰기 영역 확대 • 홍보팀으로 갈 수 있는 능력 키움 • 업무 글쓰기 숙달(회사와 동료에 도움이 됨) • 회사원도 작가가 될 수 있음을 알림 (사명감이 듬) • 작가로 생활할 수 있는 기반 마련
배운 것(Wakatta Koto) • 쓸 수 있다는 자신감을 얻음 • 업무 하면서 배운 지식이 책 쓰기에 도움이 됨 • 글 쓰면서 모르는 부분을 공부하니 자기 계발에 도움이 됨 • 글 구상, 표현을 하니 창의력, 논리력이 향상됨 • 계획하고 반성하는 생활을 함 • 글을 통해 소통하는 법을 배움	

이어 [KPT]도 작성했다. KPT는 유지할 것Keep 개선할 것Problem 도전할 것Try의 약어로 업무를 되돌아보고 개선할 목적으로 사용한다. 협업을 필요로 하는 시스템 개발자들이 의사소통을 위해 사용하는 툴이라 사람보다는 업무 중심이다. PDCA처럼 **일에서 발생한 문제를 구체적으로 밝혀 개선, 도전하기 위한 목적으로 사용하는 틀이나 개인에 적용하기 용이하다.** 가급적 [YWT]와 겹치지 않도록 정리했다.

유지할 것 (Keep)	새롭게 도전할 것 (Try)
• 계획적, 지속적 글쓰기 • 꾸준히 책 읽기 • 공부하기(틀 사용법 등)	• 회사 글쓰기 숙달 • 회사 업무에 도움되는 글쓰기 • 순수소설 쓰기 • 사내 독서클럽 개설 • 연 1회 책 출간
개선할 것 (Problem) • 시간 낭비를 줄임(회식 등) • 글 구상 시간을 정례화 • 동료에게 글쓰기 비밀로 함 • 우수 고과 획득	

　　회사 업무와 글쓰기 두 가지를 다 하는 게 쉽지 않았지만 글쓰기를 한다고 회사에 짐이 되거나 동료에게 욕먹는 사람이 되고 싶지는 않았다. 글쓰기로 회사에 도움을 줄 방법이 없을까 고민하다 바바라 민토Barbara Minto를 떠올렸다. 그녀는 컨설팅 회사 맥킨지에서 글쓰기를 가르치다 창업했다. 나도 비즈니스 글쓰기 체계를 세워 회사원을 가르치고 싶었다. 아직 그 정도 역량이 되지 않았기에 우선 회사 글쓰기를 연구했다.

● 실습

반성과 성찰은 발전을 위해 반드시 필요한 과정이다. [YWT]를 활용해 정기적으로 성찰하고, 개선해나가자.

한 것 (Yatta Koto)	할 것 (Tsugiyaru Koto)
배운 것(Wakatta Koto)	

● 메모

_____

_____

_____

_____

_____

● 실습

[KPT]는 스타트업 등 협업이 중요한 회사에서 유용하게 사용하는 틀이다. 글쓰기와 업무에 활용해보자.

유지할 것 (Keep)	새롭게 도전할 것 (Try)
개선할 것 (Problem)	

● 메모

_____

_____

_____

_____

_____

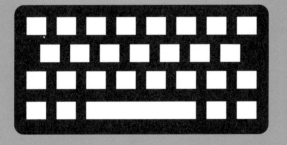

2부

비즈니스
글쓰기

직장인들의 일상 업무에서 가장 많은 시간을 차지하는 것이 '보고서 작성' 등 글쓰기다. 그럼에도 직장인의 72%가 글쓰기를 어려워하고 하루 평균 5시간 12분을 보고서 쓰는데 소모한다. 이렇게 많은 시간을 쓰고 있음에도 자신의 글쓰기 실력을 10점 만점에 평균 6.44점으로 낮게 평가했다. 반면'기획서 작성 능력과 성공과의 상관관계'를 조사하니 상관있다고 답한 사람이 77.7%로 높게 나왔다. 글쓰기의 중요성을 잘 알고 많은 시간 공을 들이면서도 왜 어려워하고 힘들어하는 것일까?

08

아이디어를 촉진하는
[브레인라이팅]

아침부터 회의 간다고 나간 부장이 점심시간이 지나도 돌아오지 않았다. 급히 결재 받을 서류가 있어 초조한 마음으로 기다렸지만 4시가 지나도록 나타나지 않았다.

"부장님 어디 가셨어?" 앞에 앉은 동료에게 물었다.

"어디긴 어디야 회의 가셨지."

"아침에 회의 간다고 하지 않았어?"

"회의가 한두 개야. 오늘만 해도 서너 개는 넘을 걸?"

"무슨 회의가 그렇게 많아?"

"우리가 혁신팀이라 그래. 문제만 생기면 모든 부서에서 다 불러."

부장은 퇴근 무렵이 돼서야 피곤에 찌든 얼굴로 돌아와

자리에 앉았다. 결재서류를 내미니 형식적으로 사인을 했다. 돌아서는 나를 부장이 불렀다.

"한과장은 회의를 어떻게 생각해?"

"너무 많다고 생각합니다."

"동감이야. 나는 회의會議가 회의懷疑스러워. 회의 자리에 앉아 있는 게 너무 지겨워. 정작 해야 할 일은 못하고..."

부장이 산더미처럼 쌓여 있는 결재 서류를 노려보며 말했다. '다른 사람을 보내세요'라고 말하려다 참았다. 나더러 가라고 하면 큰일이라는 생각이 들어서였다.

"오늘 신문이야. 여기 앉아 읽어봐."

회의를 다룬 기사였다. 미국 통계를 인용했는데 회사원 평균 회의 시간은 일주일에 6시간, 과장급 이상은 23시간, 임원은 회의 비중이 70%에 달했다. 한국은 문제가 더 심각하다는 내용으로 기사가 이어졌다. 한국 직장인 회의 만족도를 조사하니 '불만족'이 54.1%, '별 생각 없다'가 25.5%였다. 불만족 사유로는 '진행, 구성 비효율적'이 39.2%, '결론 없이 끝날 때 많아'가 36.1%, '회의 시간 너무 길어'가 19.8%, '너무 자주 해'가 19%였다. 구구절절 공감이 갔다.

나 또한 회의에 시달리기는 부장과 마찬가지였기 때문이다.

"이번 프로젝트 끝나면 시간이 좀 나지?" 부장이 물었다.

"아직 진행하고 있는 프로젝트가 3개 남아..."

"회의문화를 바꿔. 내가 전폭적으로 지원해 줄 게."

부장은 대답을 듣지도 않고 BB 6시그마 Black Belt 2명을 불러 한과장과 함께 회의 문화 개선 프로젝트를 진행하라고 지시했다. 멀뚱히 나만 쳐다보고 있는 BB 둘을 데리고 회의실로 들어갔다.

회의는 난적이었다. 이미 회사에서 몇 차례 개선 캠페인을 진행했지만 늘 유야무야 됐다. BB에게 프로젝트 배경을 설명할 필요는 없었다. 그들 또한 회의에 시달리고 있었기 때문이다. 우리는 곧바로 문제점 발굴에 들어갔다. 이전에 수차례 개선 캠페인을 했기에 자료 수집은 쉬웠다. 자료를 정리하며 문제점을 파악하니 신문에 나온 내용과 유사했다.

"왜 이렇게 회의가 많다고 생각해?"

"부서 이기주의가 가장 큰 문제에요. 모두 자기 일이 중요하다며 온갖 부서에서 불러내잖아요."

"일이 중요하면 하면 되지, 왜 불러내?" 짚히는 바가 있었지만 모르는 척 물었다. 문제점 발굴과 원인파악은 고정관념을 없애고 생각해야 한다.

"그야 자기들이 일 많이 한다고 생색내는 수단이 되고 문제가 생겼을 때 여러 부서와 회의를 거쳤다고 방패막이로 삼을 수 있으니까요."

한마디로 불필요하고 형식적인 회의가 많다는 뜻이었다. 그렇다면 대책은 불필요하고 형식적인 회의를 골라, 하지 못하게 하는 것이지만 아직은 원인 파악 단계라 그 말을 꺼내지는 않았다.

"하지만 꼭 필요한 회의도 있어요."

"어떤 회의지?"

"여러 부서가 협업해야 하거나, 다양한 사람의 아이디어를 모아야 하는 회의 같은 거요."

맞다. 필요한 회의도 있다. 필요한 회의와 불필요한 회의가 섞여 있어 문제 해결이 어려운 것이다.

몇 가지 의견을 더 들은 후 BB에게 우리가 정리한 문제점의 근거를 찾으라고 지시했다. 나는 평소 회의실에서 만난 과장들을 소집하는 공문을 보냈다. 문제점을 폭넓게 발굴하기 위해서였다.

"회의를 줄이자고 회의를 열어. 이런 아이러니가 어디 있어?" 평소 친한 김과장이 볼멘소리를 하며 들어왔다.

"한 번 봐줘라. 흙탕물에 발을 담가야 더러운 물을 빼지." 나는 너스레를 치며 넘어갔다.

30분 정도 브레인스토밍을 했지만 새로운 문제점은 발굴되지 않았다. 말하는 사람만 하고 나머지는 흥미조차 없는지 휴대폰만 만지작거렸다. 이런 게 브레인스토밍의 문제다. 관심이 없거나 내성적인 사람은 적극적으로 참여하지 않는다. 나는 준비해 두었던 용지를 꺼내 앞에 앉은 사람에게 건넸다.

"지금부터 브레인라이팅을 하겠습니다. 용지를 받은 분은 첫 줄에 3개씩 문제점을 쓰고 옆으로 넘기십시오. 한 분당 쓸 시간을 3분 드리겠습니다. 앞 사람이 쓴 글에 힌트를 받아 쓰셔도 좋습니다."

주제 : 회의 문화 개선(문제점 발굴)		
불필요한 회의가 많다	회의 시간이 길다	결론 없이 끝날 때가 많다
너무 자주 한다	회의자료 준비 시간이 길다	회의 개최 목적이 불분명한 회의가 많다
불필요한 참가자가 많다	회의 주제도 모르고 온다	주제를 벗어나 잡담으로 흐르는 경우도 많다
지각자가 많아 정시에 진행하지 않는다	진행이 비효율적이다	애써 결론 내고 실행하지 않는다
예정 시간을 지키지 않는다	안건이 너무 많다	회의 때 찬성하고도 나중에 딴소리 한다
보고용 회의가 너무 많다	말하는 사람만 한다 (대부분 듣기만 한다)	부서 이기주의로 합의가 쉽지 않다

[브레인라이팅brainwriting]은 브레인스토밍과 달리 아이디어를 글로 쓰게 하는 방식이다. 이렇게 하면 관심이 없거나 내성적인 사람도 참여할 수밖에 없다. 시간이 촉박해 앞 글에 힌트를 얻어 쓰게 돼 용지가 돌아갈수록 깊이 있는 내용이 나오고 많은 아이디어를 모을 수 있다. 이밖에도 장점이 많다. 직급이 다른 사람들이 모여 회의를 하면 윗사람 눈치를 보느라 아랫사람은 말을 안 하고 상사만 떠드는 경우가 많은데 이런 폐해를 방지할 수 있고 다른 사람 소리에

방해 받지 않고 아이디어에 집중할 수 있다. 간단한 방법이지만 장점이 커서 정부 기관에서도 활용하는 나라가 많다.

브레인라이팅 결과는 좌측 표와 같았다.

대부분 예상한 내용이라 더 큰 충격을 받았다. 많은 사람이 불필요하고 낭비적이라 생각하는 회의가 왜 계속 되는 것일까? 귀중한 시간을 써가며 기껏 합의해 놓고 실행하지 않는 것도 심각한 문제였다.

● 실습

[브레인라이팅]은 혼자서 아이디어를 내고 정리하는 데도 유용한 틀이다. 회사 업무나 글쓰기에 활용해 보자.

주제 :		

● 메모

09 구조화를 돕고 아이디어를 확산하는 [KJ법]

문제점을 도출했으니 이제 정리할 차례였다. 문제점을 정리할 때는 주로 [KJ법]을 사용한다. KJ법은 일본의 문화 인류학자인 가와기타 지로 교수가 개발한 학문연구방법론으로 기업에서도 많이 활용한다. 연구에 의하면 사람의 두뇌는 7개가 넘어가면 내용을 이해하거나 기억하기 어렵다. 이런 맹점을 피하기 위해 KJ법은 상위 개념으로 비슷한 내용을 묶는데 이렇게 하면 전체를 이해하기 쉽다. 예를 들어 여행지를 의논할 때 백두산, 한강, 한라산, 부산, 낙동강, 섬진강, 남해... 라는 장소가 나왔다면 '산'과 '강' '도시'의 세 그룹으로 묶는다. 그룹으로 묶으면 이점이 또 있다. '산'이라는 그룹명에서 힌트를 얻어 남산 등 새로운 장소를 떠올리기 쉽다. 이런 장점이 있어 KJ법은 추가 아이디어를 떠올릴 때도 많이 활용한다.

문제는 사람마다 해석이 달라 그룹을 묶을 때 어려움을 겪을 수 있다. 이번에도 그런 일이 발생했다. 브레인라이팅으로 발굴한 내용을 김BB는 '사람'과 '안건'의 상위개념으로 나누자 하고 박BB는 '주관자부서'와 '참석자부서'로 나눠야 한다며 대립했다. 내 생각에 김BB 의견이 타당했지만 이렇게 나누면 범위가 너무 넓어 해결책을 낼 때 추상적으로 흐를 우려가 있었다. 반면 박BB 의견은 구체적이지만 '실행자'가 빠져 내용을 모두 포괄하지 못하는 문제가 보였다. 나는 결론을 내지 않고 다음 날로 회의를 미뤘다. 더 나은 그루핑 방법을 생각하기 위해서였다. 어디선가 방법을 본 듯해 기억을 더듬어보니 《모든 글쓰기》라는 책이 떠올랐다.

책에서는 구조화 방법을 '시간' '공간 (구조)' '중요도' 3가지로 제시했다.

일반적으로 사람들이 많이 쓰는 방법은 '시간'으로 묶는 것이다. 인간이 시간 흐름에 익숙하기 때문이다. 역사는 물론 과학도 시간 순서를 따른다. 과학의 기초가 되는 인과론은 과거에 발생한 원인 때문에 현재의 결과가 발생한다는 사고방식이다.

사람은 '공간'으로 묶는 데도 익숙하다. 전 세계 196개 국가를 정리할 때 육대주를 상위개념으로 삼고 회사에서는 경기본부, 충청본부처럼 행정구역을 기준으로 조직을 만든다. 공간구조의 범위를 넓히면 도표나 사진도 포함시킬 수 있다. 부서 배치를 나타낸 조직도가 여기 해당한다.

'중요도'는 다루는 주제와 연관성이 깊거나, 큰 영향을 미치는 요소를 중점적으로 드러내는 방식이다. 사업 현황을 파악할 때 주로 사용하는 3C 같은 틀이 대표적 예다. 고객, 자사, 경쟁사가 사업에 가장 큰 영향을 미치니 우선해서 다룬다. 이처럼 사안을 다루기에 적합한 틀을 활용하면 중요도 순으로 정리하기 쉽다.

책을 읽은 후 문제점을 정리한 표를 보며 어떤 구조로 나눌까 고민했다. 먼저 중요도로 나누어봤는데 다 중요한 것 같아 우선순위를 잡기 어려웠다. 다음에 시간 순으로 문제를 정리해 보다 '이거다!'하는 생각이 들었다. 회의 문제의 핵심은 시간이었다. 시간 낭비가 가장 큰 문제고 시간 순서에 따라 '회의 전' '회의 중' '회의 후'로 문제를 나눌 수 있었다. 예를 들어 '불필요한 회의가 많다'는 회의 전에 불필요한 회의를 거르지 않아 발생한 문제다. '진행이 비효율적이다'는 회의 중, '애써 결론내고 실행하지 않는다'는 회의 후 발생하는 문제다. 이렇게 시간 흐름을 따라 3단계로 상위개념을 만드니 나머지 문제들도 쉽게 정리됐다. 내가 정리한 KJ차트를 본 BB들이 동의해 곧바로 문제 해결에 들어갔다.

'회의 전' 시간 낭비를 줄이기 위해 가장 중요한 것은 안 해도 될 회의를 가려내 없애는 것이다. 회의를 여는 목적은 크게 나눠 '정보 공유' '의사 결정' '아이디어 발굴' 3가지다. 이 중 정보 공유 회의는 이메일이나 게시판으로 대체하면 된다. 의사 결정 회의에 대해서는 두 BB의 의견이 엇갈렸다. 한 명은 없애야 한다 하고 다른 사람은 부서 간 합의가 필요한 사안도 있으니 해야 한다고 주장했다.

링겔만 효과Ringelmann Effect 라는 말이 있다. 개인의 수가 증가할수록 성과에 대한 1인당 공헌도는 떨어진다는 뜻으로 시너지 효과와 반대되는 개념이다. 예를 들어 줄다리기를 할 때 사람 수를 늘린다고 그만큼 힘이 증가하지 않는다. 숨어서 힘을 덜 쓰거나 무임승차하는 사람이 생기기 때문이다. 마찬가지 현상이 회의에서도 발생한다. 더 큰 문제도 있다. 많은 사람이 모여 짧은 시간 회의를 통해 의사결정을 하면 졸속으로 하거나 책임 소재가 불분명해질 우려가 있었다.

"의사 결정 회의는 나도 없애야 한다고 생각해. 하지만 부서 간 협업을 해야 하는 회의는 필요해. 각자 해야 할 일을 알아야 하니까. 그러니 의사 결정 회의는 없애고, 부서 간 의견 조율 회의만 남기지."

"그걸 어떻게 구별하죠?" 박BB가 물었다.

"회의 시스템을 만들어 체크하게 하고 안내문을 띄우는 거야. 이렇게 시스템으로 만들면 어떤 부서가 회의를 많이 하는지 나타나니 스스로 자제하는 효과도 거둘 수 있어."

BB들이 동의해 다음 문제인 '회의 자료 준비 시간이 길다'로 넘어갔다. 회의 자료가 많아지면 준비하는 사람 업무가 늘고 참가자 역시 읽고 참석하기 어렵다. 설문조사에 의

하면 회의 자료를 미리 보내도 '사전에 보지 않고 들어오는
사람'이 48%, '10분미만 훑어보는 사람'이 48%였다. 대부
분 자료를 읽지 않고 들어오니 회의시간이 길어질 수밖에
없다. 해결방법은 간단했다. 회의 자료를 3장 이내로 줄이
는 것이다. 그러면 작성하는 사람이나 읽는 사람 모두 부담
이 준다.

이런 식으로 '회의 중'과 '회의 후' 해결책을 만들어 나
갔다. '회의 중'발생하는 문제의 핵심은 진행자였다. 진행
자는 회의를 시작할 때 목적과 결과물을 분명히 제시하고
시스템에도 입력하게 함 1시간 이내로 마치도록 지침을 정했다. 그
리고 부서별로 회의 진행자 1명을 선정해 '회의 진행 방법'
을 교육하기로 했다. '회의 후'에는 회의록을 참석자에게
메일로 보내 합의 내용을 재확인하고 실행 결과를 입력하
게 만들었다.

정리한 해결책을 [KJ법]으로 묶어보았다.

주제 : 회의 문제 개선 해결(안)		
회의 전	**회의 중**	**회의 후**
• 회의 시스템 개발 • 정보 공유 회의는 폐지 (이메일, 게시판으로 대체) • 의사 결정 회의 폐지 (부서 간 의견조율 회의 만 실시) • 회의 인원은 8명 이하로 실시 • 회의 자료는 3장 이내로 만듦 • 참석자는 자료를 읽고 옴	• 회의 시간 준수 (리더부터 솔선수범) • 진행자는 회의 목적과 도 출해야 할 결과물을 분명히 제시 (부서장, 진행자 교육 실시 예정) • 회의 시간은 1시간 이내로 제한	• 회의록 작성 • 합의 내용 재확인 (이메일 발송) • 실행 여부 끝까지 추적 (완료 여부 시스템 등록)

● 실습

[KJ법]은 아이디어 정리 및 발상에 도움이 되고 책을 쓸 때도 유용하다. 정리
한 상위개념을 제목으로 바꿔 책의 목차로 삼을 수 있기 때문이다.

주제 :		

● 메모

_____

_____

_____

_____

_____

_____

10 우선순위를 정하는
[긴급도/중요도 매트릭스]

경영은 '한정된 자원을 배분하는 작업'이다. 한정된 자원을 사용하기에 우선순위를 정할 수밖에 없고 이때 사용하는 평가 틀이 [긴급도/중요도 매트릭스]다.

일반적으로 '긴급하고 중요한 것'을 1순위로 생각하나 《성공하는 사람들의 7가지 습관》에서 스티븐 코비는 '긴급하지 않지만 중요한 것'을 먼저 하라고 제언했다. 책을 읽은 나는 시간관리 방법을 정리해 보기로 마음먹었다.

직장인의 업무를 분석한 자료를 보면 '이메일 확인 및 정리' 2시간 이상, '회의 참석' 3시간 이상, '보고서 작성' 5시간 이상, '출/퇴근' 2시간 이상이다. 이 일만으로 정규 업무시간을 다 채운다. 그러니 실제 업무를 처리하려면 야근을 해야 하고 자기 계발이나 가족을 위해 쓸 시간은 거의 없다. 이런 상황이라 많은 직장인이 '긴급성 중독'에 빠져있다. 긴급성 중독은 위기상황을 자극제로 삼아 일을 처리할 때의 흥분에 익숙해지고 의지하게 되는 증상을 말한다. 급하다고 이리 뛰고 저리 뛰면서 마음속으로는 자신이 능력 있다는 만족감에 빠져 사는 것이다. 눈앞에 닥친 급한 일을 쳐내다 보면 일시적으로는 만족감을 느끼고 고통 및 괴로움도 사라진다. 그러나 결과는 좋지 않다. 계속 이런 식으로 생활하면 사소한 일에 집착하고, 인간관계가 끊어지며, 신체 기능까지 엉망이 되어가다 번아웃burnout 된다. 질보다 양을 중시하는 업무 처리는 회사에도 도움이 못 된다. 이러한 문제를 예방하기 위해 회사에서는 '집중 업무 처리 시간'을 두고 있지만 정착되지 않고 있다. 문제의 핵심은 리더다. 리더가 조바심내고 다그칠수록 직원도 허둥댈 수밖에 없다. 따라서 리더에게 시간관리 방법을 가르치고 이를 실행하도록 해야 한다.

전통적인 시간관리 방법은 'To do list', 즉 할 일을 정해 놓고 순서대로 하는 것이다. 하지만 이 방법에는 문제가 있다. 할 일 위주로 업무 처리를 하면 닥친 일부터 처리하게 돼 중요한 일이 간과되고 긴 안목으로 바라보지 못해 큰 성과를 내기 어렵다. 다른 방법으로 목표 중심으로 계획표를 작성해 실행하는 '일정표 관리법'이 있지만 이 또한 외부에서 주어진 성과 목표 등에만 치우쳐 정작 중요한 업무를 놓칠 수 있다. **가장 이상적인 시간 관리는 긴급한 것을 하되 중요한 것을 놓치지 않는 것이고 성과뿐만 아니라 삶의 질까지 향상시킬 수 있어야 한다.**

[긴급도/중요도 매트릭스]로 업무를 정리하면 다음과 같다.

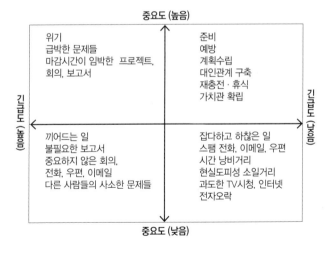

긴급도3사분면와 중요도1사분면가 대립하면 어느 쪽을 더 우선해야 할까? 일반적인 회사는 3사분면이 업무 시간의 50~60%를 차지한다. 반면 성공하는 회사는 1사분면이 65~80%를 차지한다. 따라서 성공하려면 1사분면의 업무 처리를 우선해야 한다.

1사분면을 우선하려면 먼저 중요한 일이 무엇인지 알아야 한다. 이는 회사마다, 개인마다 다르니 위 표를 참조해 스스로 정해야 한다 나는 작가를 꿈꾸기에 습작 활동을 1사분면에 넣었다. 그리고 반복되는 일은 미리 일정을 정해놓아야 한다. 예를 들어 가족과 격주로 외식을 하거나 여행을 간다든지, 주말 오전은 자기계발에 힘쓴다든지 등을 미리 정해놓고 실행해야 한다. 늘 부족한 시간이기에 아이디어를 발휘해야 한다내 경우 놀이공원에 가서 아내와 아이들이 노는 동안 책을 읽거나 글을 쓴다.

다음으로 3사분면과 4사분면의 일을 줄여야 한다. 긴급하지도 중요하지도 않은 4사분면의 일은 대부분 안 하기로 결심하고 이를 지키면 된다. 문제는 3사분면의 일이다. 중요하지 않다고 걸려오는 전화를 안 받을 수 없고, 답장을 원하는 이메일을 무시할 수도 없다. 3사분면 업무를 줄이러면 먼저 자신이 다 하려고 과욕을 부리지 않는지 생각해 봐야 한다. 만약 그런 일이 있다면 과감하게 위임한다. 예를 들어 '회의 진행'이나 '보고서 검토' 등이 그런 일이다. 다음으로 시간대에 따른 나의 업무 효율성을 파악해 운영한다. 내 경우 오전에는 기획이나 서류 작성을 주로 하고 점심 식사 후 졸릴 때 단순 업무를 처리한다. 이렇게 나만의 시간 운영 규칙을 정하고 주위 사람에게도 알려 협조를 구한다.

긴급하고 중요한 2사분면의 일을 안 하기는 힘들다. 하지만 2사분면의 일이 너무 많으면 급한 마음에 스트레스만 쌓이고 오히려 일 처리가 안 될 때가 많다. 사장 보고, 업체 미팅 등 긴급하고 중요한 일이 겹쳐 안절부절못한 경험을 해봤을 것이다. 이런 난감한 상황을 겪지 않기 위해 평소 2사분면의 일을 줄여놓아야 한다. 같은 2사분면의 일이라도 '긴급도'와 '중요도' 비중을 따져 긴급도가 높은 것은 3사분면에, 중요도가 높은 것은 1사분면으로 옮긴다. 그래야 2사분면의 일을 최소화할 수 있다.

● 실습

'긴급도'와 '중요도'의 두 가지 기준으로 내가 하고 있는 일을 정리해 보자. 불필요한 일은 없애고 중요한 일에 시간을 더 투자하자.

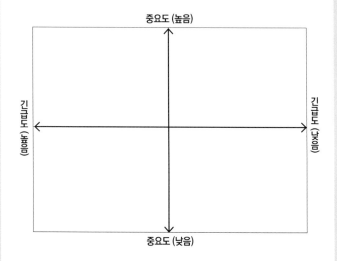

● 메모

_____

_____

_____

_____

_____

11

계층별로 정리하는
[로직 트리]

　　[로직 트리Logic tree]는 전체에서 부분으로 나눠가며 정리하는 틀이다. 나눠서 분석하는 것은 과학적 사고의 기본이고 경영에서도 많이 쓰는데 이때 주로 사용하는 틀이 로직 트리다. 서양 카드를 생각하면 방법을 쉽게 이해할 수 있다. 카드는 색, 모양, 숫자가 다르다. 색은 2가지, 모양은 4가지, 숫자 10개에 킹, 퀸 등이 있다. 먼저 덩어리가 큰 그룹으로 나눈다. 색이 가장 큰 그룹이니 빨간색과 검은색으로 나눈 다음 모양에 따라 배치한다. 빨간색은 하트와 다이아몬드, 검은색은 스페이드와 클로버로 나눌 수 있다. 마지막으로 색과 모양을 맞춰 숫자와 킹, 퀸을 배열한다.

　　로직 트리는 문제 대상을 찾는 'What 트리'와 원인을 찾

는 'Why 트리', 해결책을 찾는 'How 트리'등 다양하게 사용하고 때로는 이 셋을 함께 쓰기도 한다.

회의 관리는 성과를 거두고 있었기에 나는 시간 관리 프로젝트의 일환으로 다음 일에 착수했다. 바로 '보고서 쓰기'다.

직장인들의 일상 업무에서 가장 많은 시간을 차지하는 것이 '보고서 작성' 등 글쓰기다. 그럼에도 직장인의 72%가 글쓰기를 어려워하고 하루 평균 5시간 12분을 보고서 쓰는 데 소모한다. 이렇게 많은 시간을 쓰고 있음에도 자신의 글쓰기 실력을 10점 만점에 평균 6.44점으로 낮게 평가했다. 반면 '기획서 작성 능력과 성공과의 상관관계'를 조사하니 상관있다고 답한 사람이 77.7%로 높게 나왔다. 글쓰기의 중요성을 잘 알고 많은 시간 공을 들이면서도 왜 어려워하고 힘들어하는 것일까? 이유를 파악하기 위해 인터뷰와 자료 조사를 통해 〈Why 트리〉로 정리했다.

글쓰기를 어려워하는 이유는 단순했다. 대학교를 졸업할 때까지 글쓰기를 배우지 못했기 때문이다. 외국은 다르다. 어려서부터 글쓰기를 배운다. 하버드 대학의 경우 입학

Why 트리

보고서 작성

- 글쓰기를 어려워 한다
  - 글쓰기를 배우지 못했다
  - 자신감이 없다
  - 형식이 다양하다
- 시간이 많이 든다
  - 상사 스타일이 다르다
  - 재작성이 많다
  - 문장력이 부족하다
- 배우려 하지 않는다
  - 성공과 연계하지 않는다
  - 업무 연관성을 모른다
  - 인센티브가 없다

※ 하나의 상위 그룹 다음에 반드시 세 개의 요소가 나와야 하는 것은 아닙니다

하려면 자기 소개서를 에세이 형식으로 제출해야 한다. 뛰어난 에세이가 많아 우수작을 묶은 수필집을 출간할 정도다. 최근 노벨상 수상자를 다수 배출하고 있는 시카고 대학도 글쓰기 교육에 힘을 쏟고 있다. 진리를 발견해도 이를 전달하지 못하면 헛수고가 되기 때문이다. 대학뿐 아니라 미국의 모든 교과과정은 글쓰기와 연관돼 있고 이를 '범교과적 글쓰기Writing Across the Curriculum'라 부른다. 예를 들어

'1 + 1 = 2인 이유를 글로 설명하라'는 식이다. 회사도 마찬가지다. 한국회사는 거의 글쓰기 교육을 하지 않는다. '학교를 졸업했으니 글쓰기를 잘 할 것'이라는 착각 때문이다.

회사 문서가 다양한 것도 문제다. 보고서만 해도 기획보고서, 행사보고서, 상황보고서, 결과보고서, 요약보고서, 정보보고서, 회의보고서 등 종류가 많다. 다양한 형식을 맞추기도 힘든데 상사마다 스타일이 달라 어려움을 가중시킨다. 반려되는 서류가 많아 재작성은 기본이고 10번 이상 다시 쓰기도 한다. 상사는 그런 직원이 한심하겠지만 제대로 지도해 주지도 않아 이유도 모르고 야근까지 하며 다시 쓰는 직원은 원망이 쌓인다.

어쨌든 맞춤법이 틀리거나, 잘못 쓴 비문 등은 개인 책임이다. 서류를 난도질한 빨간 줄을 보며 얼굴을 붉혀도 그때뿐, 글쓰기 책을 읽거나 공부하지 않는다. 왜 글쓰기가 성공과 관련이 있다고 답하면서도 공부하지 않을까? 여러 이유가 있겠지만 핵심은 주위에서 다 그러니 동기 부여가 되지 않기 때문이다. 스스로 중요성을 깨닫는다면 다행이지만 그렇지 않다면 회사에서 나서야 한다. 현대 회사는 글을 연료로 돌아간다. 돈, 시간, 인력 낭비를 줄이기 위해서라도 이를 제도화해야 한다.

다음으로 Why트리와 연관해서 해결책, 즉 How트리를 작성했다.

해결책 1순위는 회사 차원에서 글쓰기 교육을 하는 것이다. 보고서 작성 등 업무와 연관시켜 교육을 하면 회사에도 도움이 된다. 글쓰기 교육을 받아보니 직접 쓴 글을 검

How 트리

* 보고서 작성
  * 글쓰기를 어려워 한다
    * 글쓰기를 교육한다
    * 실습 및 피드백을 한다
    * 형식을 정형화 한다
  * 시간이 많이 든다
    * 리더 코칭 교육을 한다
    * 재작성 1회로 권고한다
    * 책읽기를 활성화 한다
  * 배우려 하지 않는다
    * 동기부여 교육을 한다
    * 업무 연계 글쓰기 교육
    * 승진 시 논문 제출 필수

※ 하나의 상위 그룹 다음에 반드시 세 개의 요소가 나와야 하는 것은 아닙니다

토해 피드백 해줄 때 효과가 컸다. 역설적이지만 우선적으로 교육해야 할 대상은 결재권자다. 기준을 가지고 가르칠 수 있도록 능력을 키워야 한다.

다음으로 다양한 형식을 통폐합해 단순화해야 한다. 페이지 수와 반려 횟수도 최소화한다. 처칠은 한 페이지가 넘는 보고서는 아예 결재를 올리지 못하게 했다.

문장력을 키우려면 독서를 많이 해야 한다. 정기적으로 책을 읽고 업무 관련 아이디어를 내거나 응용하도록 '독서 경영'을 실시하는 회사가 많다. 회사에서 책값을 지원해주고 독서 모임을 만들도록 독려한다.

개인도 자발적으로 노력하도록 제도를 만들고 동기부여 교육을 해야 한다. 책을 출간하면 회사도 좋고 개인도 좋다. 회사는 브랜드가 홍보 되면서 전문성을 인정받고 고객에게 친밀감을 줄 수 있다. 실제 성공 사례가 많다. 《오케이아웃도어닷컴에 OK는 없다》가 20만부 이상 판매되면서 이 회사는 급성장했다. 개인에게도 좋다. 글쓰기를 잘하면 회사에 도움이 될 뿐 아니라 그 분야 전문가로 인정받는다. 《육일약국 갑시다》를 낸 약사는 메가스터디 부사장으로 변신했고 스타트업 대표가 SNS에 쓴 글이 널리 알려지며 판매량이 급증한 사례도 있다. 책을 출판해 사업을 일으키고 개인의 삶이 바뀌는 경우는 지금도 흔하게 일어나고 있다.

● 실습

[로직트리]로 내가 쓸 책의 목차와 내용을 정리해보자.

```
┌──────────┐
│          │──┬─┌──────────┐
│          │  │ └──────────┘
│          │  ├─┌──────────┐
│          │  │ └──────────┘
│          │  └─┌──────────┐
│          │    └──────────┘
│          │
┌──────────┐
│          │──┬─┌──────────┐
│          │  │ └──────────┘
│          │  ├─┌──────────┐
│          │  │ └──────────┘
│          │  └─┌──────────┐
│          │    └──────────┘
│          │
│          │──┬─┌──────────┐
│          │  │ └──────────┘
│          │  ├─┌──────────┐
│          │  │ └──────────┘
│          │  └─┌──────────┐
│          │    └──────────┘
```

※ 하나의 상위 그룹 다음에 반드시 세 개의 요소가 나와야 하는 것은 아닙니다

● 메모

_____

_____

_____

_____

12 　　　　보고서, 기획서의 기본 구조 [피라미드 구성]

[로직트리]는 원고를 작성할 때도 다양하게 활용할 수 있다. 예를 들어 로직트리를 이용해 책의 목차를 만들 수 있다. 책의 목차 역시 부, 장, 절... 등 하위 순서로 나눠가며 작성한다. 한마디로 로직트리는 책과 똑같은 구조를 갖고 있다.

원고를 쓰는 방법도 비슷하다. 내용을 벽돌처럼 쌓아 올려 결론 또는 주장을 뒷받침하는데 모양이 피라미드처럼 생겨 이를 [피라미드 구성]이라 한다 (로직트리를 가로로 배열하면 이런 모양이 된다). 아래 예시는 What – Why – How 구성이지만 문서 성격에 따라 다양하게 바꾸면 된다. 예를 들어 원인 분석 단계에서는 Why1 – Why2 – Why3로만 구성할

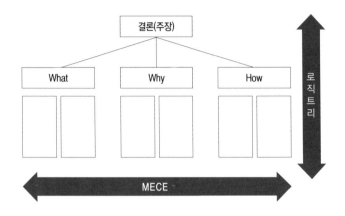

수도 있다.

피라미드 구성은 결론주장부터 제시하고 하위그룹에서 근거를 들어 이를 뒷받침한다. 근거를 제시할 때 유의할 점이 있다. 바로 MECE다.

MECE는 Mutually Exclusive & Collectively Exhaustive의 약어로 '중복되지 않고 빠뜨리지 않게' 배치하라는 뜻이다. 이 원칙을 위배하면 같은 내용이 여기저기 섞여 중언부언하게 된다. 그리고 각 그룹의 레벨이 같아야 한다. 소제목 1이 기획부, 2가 영업부인데 3이 엔지니어가 되면 안 된다. 엔지니어의 상위 그룹인 생산부로 레벨을 맞취야 한다.

회사 문서는 대부분 피라미드 구성으로 정리하면 되는데' 보고서'와 '기획서' 두 종류가 있다. 보고서는 과거에 발생한 일에 대해 결과를 알리는 문서다. 주간보고서 등 정기적, 반복적으로 제출하는 보고서는 부서마다 형식이 정해져있으니 이를 따르면 된다. 형식이 정해져 있지 않은 보고서는 현상 – 원인 – 대책 순으로 쓴다. 즉 What – Why-How 구성이다.

기획서 역시 보고서와 구조는 같다. 다만 기획서는 앞으로 할 일이나 사업에 관하여 제시하는 글이기 때문에 '결론'이 아니라 '주장'으로 시작한다. 기획서는 다시 2종류로 나뉜다. 생산라인 같이 과거에 진행해 오던 프로세스에 문제가 생겼을 때 해결책을 제시하는 '문제 해결형 기획서'와 신제품, 신사업 등 새로운 일을 제안하는 '개발형 기획서'다. 문제 해결형 기획서의 하위그룹 역시 현상문제 – 원인 – 대책 순으로 쓴다. 개발형 기획서는 새로운 일이니 원인 분석을 할 수 없다. 벤치마킹을 해서 유사 사례를 찾아 제시하거나 설문 조사 또는 시제품MVP, Minimum Viable Product 을 만들어 고객 반응을 근거로 제시한다.

[피라미드 구성]을 요약하면 아래와 같다.

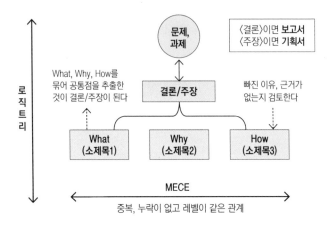

그림에서처럼 회사 문서는 문제 또는 과제에서 출발한다 보다 단순하게 말하면 상사의 지시로 시작된다. 보고서는 결론, 기획서는 주장을 맨 앞에 쓰고 What현상 - Why원인, 이유 - How대책 순으로 제시한다. 글로 풀어 쓸 때는 What, Why, How를 소제목으로 바꾼다. 검토할 때는 하위 그룹에 빠지거나 중복된 내용이 없는지 살피고, 제시한 근거가 소제목과 결론 주장을 뒷받침하는지 확인한다. 필요하면 담당자부서, 일정

등의 실행계획을 담은 '액션플랜'을 추가한다.

로직트리로 정리한 내용을 피라미드 구성에 맞게 다듬어 '문서 작성 효율화 방안'이라는 제목의 기획서를 작성해 제출했다. 부장은 결재를 하지 않았고 다음날 아침 나를 불렀다.

"한과장 이 기획서 내용은 좋은데... 전무님 관심사도 아니고, 지시하지도 않은 사항을 결재해 달라고 덜컥 내밀 수는 없어." 실망한 내 표정을 본 부장이 덧붙였다. "파일럿 테스트소규모 실험 겸 우리 부서를 대상으로 먼저 실시해 보면 어때? 기획안대로 되는지 확인해 볼 수 있고 성과가 나면 전무님 귀에도 들어갈 테니 결재 받기도 쉬울 거야."

부장의 지원에 힘입어 나는 독서모임을 조직해 회사 문서 표준화 작업을 실시했다. 가뜩이나 바쁜데 쓸데없는 일을 벌인다는 핀잔을 들어도 개의치 않았다. 글쓰기가 회사와 동료에게 도움이 된다는 확신이 있었기 때문이다.

● 실습

문서를 [피라미드 구성]에 맞춰 정리해보자. 제목과 핵심내용만 간략하게 써
보자.

● 메모

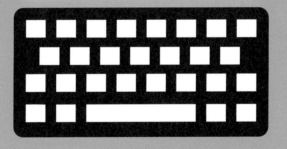

3부

논술문/
칼럼 쓰기

논술에서도 이런 식의 글쓰기를 장려한다. 대학논술시험은 대부분 4~5개 예문을 제시하고 자신의 생각을 서술하는 형식으로 출제하는데 주로 상반된 관점을 요약하거나, 비교하거나, 연관 관계를 설명하고 자신의 생각을 설명하라는 식으로 문제를 낸다. 이런 문제는 일방적인 진술보다 대립문을 포용해 글을 쓰는 게 좋은 점수를 받을 가능성이 높다. 다양한 관점을 수용하면서 자신의 주장을 펼 수 있도록 훈련하는 게 논술 교육의 취지이기 때문이다.

13

글쓰기의 기초
[논리적 사고]

신문사에서 일하는 선배가 '미술과 혁신'이라는 주제로 칼럼을 부탁해왔다.

"너는 미학을 전공했고 혁신부서에서 일하고 있잖아. 그러니 너만큼 이 주제를 잘 다룰 수 있는 사람은 없어."

쓸 수 있을지 자신이 없었다.

"한 번도 칼럼을 써본 적이 없어서... 잘 쓸 수 있을까?"

"응. 잘 쓸 수 있어. 두 가지만 지켜. 첫째, 다음 주 월요일까지 원고를 보내줘야 해. 둘째, 논리에 신경 써. 너는 시나 소설은 써봤지만 칼럼은 처음이잖아."

선배는 나를 잘 알고 글쓰기도 적극 도와주었다. 영화 시나리오 학원에 다닐 때는 근처에서 기다리고 있다 밥을 사주기도 했다.

전화를 끊고 사전을 들춰 '논리'라는 단어를 찾아보았다.

논리 : 말이나 글에서 사고나 추리 따위를 이치에 맞게 이끌어 가는 과정이나 원리.

평소 아는 단어라 생각했지만 뜻풀이를 읽어봐도 아리송했다. 퇴근하자마자 교보문고로 달려가 '논리'라는 제목을 달고 있는 책을 눈에 띄는 데로 넘겨보았다. 알고 있는 내용이 나와 일단 안도했다. 사전 뜻풀이에 나온 '말이나 글을 이치에 맞게 이끌어 가는 방법'은 연역법, 귀납법이었다. 그런데 여기서 또 문제에 부닥쳤다. 연역법, 귀납법? 익히 들어온 말이지만 어떻게 글쓰기에 응용해야 할지 감이 잡히지 않았다. 4권의 책을 사들고 책방을 나와 밤새 읽었다. 학생 시절 논리학 강의 때 들었던 내용이 어렴풋이 떠올랐다. 새벽에 마음에 와 닿는 설명을 찾았다. '논리는 원인과 결과, 주장과 근거를 연결 짓는 것이다' 단순하게 말

해 논리는 자신이 내린 결론, 주장에 대해 적합한 이유나_과

^{학처럼 인과론을 따를 때 '원인'이라 표현한다} 근거를 대는 것이다.

　'연역법'은 사람들이 진리라고 믿거나 생각하는 대전제에서 나온 소전제를 이유로 들어 결론을 뒷받침 하는 방법이다.

*대전제*_(상식) *: 사람은 죽는다*

*소전제*_(이유) *: 소크라테스는 사람이기 때문에*

결론 : 소크라테스는 죽는다

　논리학 용어인 대전제, 소전제를 일반인에게 익숙한 상식, 이유로 바꿔 생각하면 이해하기 쉽다.

　연역법의 논리체계는 단순하다. 먼저 상위개념인 대전제에 하위개념인 소전제가 포함되는지 살피면 된다. 예문에서는 상위개념인 '사람' 안에 '소크라테스'가 포함되므로 당연히 뒷부분 '죽는다'는 결론을 따르게 된다. 이런 체계라 연역법의 핵심은 올바른 '대전제'를 사용하고, 거기에 포함되는 '소전제'를 적용하는 데 있다. 보통은 '소크라테스는 사람이기 때문에 죽는다'는 식으로 생략삼단논법을 쓴다.

연역법의 문제는 검증되지 않은 대전제를 사용하는 데서 발생한다. 히틀러는 '유대인이 사악하고 열등하다'는 전제에 의거해 수많은 유대인을 학살했다. 여자는 남성보다, 흑인은 백인보다 열등하다는 주장도 이 같은 폐해를 끼쳤다. 기존에 확인된 진리로 논리를 펼치기 때문에 새로운 진리를 찾아내지 못한다는 점도 약점이다. 이러한 문제를 보완하기 위해 귀납법이 만들어졌다.

귀납법은 몇몇 구체적인 현상이나 근거에서 공통점을 찾아 일반적인 결론_(진리)을 도출하는 방법이다. 예를 들어보겠다.

근거 1 : 기독교에서 추구하는 최고의 가치는 '사랑'이다

근거 2 : 불교에서 강조하는 자비도 '사랑'을 뜻한다

근거 3 : 유교의 인(仁) 역시 '사랑'을 의미한다

결론 : 인류의 위대한 종교와 사상은 대부분 '사랑'을 추구한다

귀납법에서 드는 근거는 주부와 술부에 공통점이 있어

야 한다. 예문에서 주어는 '종교' 술어는 '사랑'이라는 공통점을 가졌다. 이런 방식이라 주어가 다르고 술어에서도 공통점을 찾을 수 없으면 결론을 도출할 수 없다. 과학은 더 엄격하다. 제시하는 근거가 객관적으로 검증 가능해야 하고, 같은 조건에서 실험했을 때 늘 동일한 결과가 나와야 한다.

하지만 귀납법에도 한계가 있다. 세상 모든 사례를 검증할 수 없기에 예외가 발생할 가능성이 있다. 우리는 백조를 하얀색으로 알고 있지만 돌연변이 검은 백조가 발견되기도 했다. 이런 문제를 해결하기 위해 통계기법을 활용하지만 '오차 범위' '신뢰 수준'의 한정을 두는 것처럼 여전히 허점은 남아있다.

이런 약점을 보완하기 위해 최근에는 귀납법과 연역법을 묶어 사용한다. 두 방법을 묶어 사용하면 더욱 탄탄한 논증이 되고 각 방법의 단점을 어느 정도 보완할 수 있다. 대표적인 방법이 '귀납연역법'이다. 예문을 보자.

예문 : 지난해 김 군은 390점으로 A대학에 수석 합격했다. 같

은 해 이 양은 363점으로 A대학에 합격했지만 박 양은 356

점으로 불합격했다. 신 군은 A대학을 목표로 하고 있지만 올

해 최종 모의고사에서 350점을 받았다. 모든 조건이 지난해

와 같다면 신 군은 A대학에 합격할까?

아래는 예문을 귀납연역법으로 정리해 결론을 낸 도

표다.

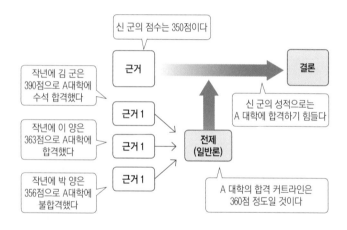

귀납법으로 도출한 결론을 전제로 삼아, 연역법으로 최

종 결론을 내는 방법이다. 이 방법 역시 완벽하지 않지만

현재 가지고 있는 정보로서는 가장 합리적인 추론이다.

최근 각광받고 있는 가추법 가설추리법 역시 관찰된 근거를 가지고 가설을 세워 검증하는 방법이다. 예를 들어 '어깨마사지기가 많이 팔린다'는 사례가 관찰됐을 때 '전신 마사지기가 아니라 부분 마사지기도 잘 팔리지 않을까?'라는 가설을 세우고 손, 발, 종아리, 허리 마사지기를 만들어 판매량으로 검증하는 방법이다. 회사 문제는 가추법을 활용해 검증하는 경우가 많다. 정보가 부족할 때 초점을 좁혀 빠르게 검증할 수 있기 때문이다.

추리소설에서 탐정도 가추법을 사용한다. 몇 가지 단서를 찾아 가설을 세우고 이를 검증해나가는 식이다. 이처럼 논리는 인간 사고의 기초를 이룬다.

● 실습

현재 갖고 있는 문제를 '귀납연역법'을 사용해 결론 내보자.

● 메모

_____

_____

_____

_____

_____

_____

14 현대의 대표적 논증 체계 [PREP]

[PREP]은 현대의 대표적 논증 체계로 하버드나 시카고대학도 이를 바탕으로 글쓰기를 가르친다. PREP은 Point – Reason – Example – Point의 앞 글자를 딴 것이다.

P*(Point)* **결론, 주장**

R*(Reason)* **이유**

E*(Example)* **근거, 사례**

P*(Point)* **요약, 강조**

PREP이 현대 글쓰기의 근간을 이루게 된 이유는 앞에서 설명한 '논리'를 근간으로 하기 때문이다. 아래 예시를 보면 쉽게 이해할 수 있다.

P 나는 김치가 좋아요

R 어떤 요리를 해도 맛있잖아요

E 전, 찌개, 볶음밥 다 맛있어요

P 그래서 김치가 최고예요

주장P을 맨 앞에 두니 제시하는 바가 명확하다. 연역법 에서처럼 이유R를 대니 논리적이고, 귀납법에서처럼 근거 E까지 나열하니 구체적이고 믿음이 간다. 정리하면 주장 을 앞뒤로 세워 강조하고, 이유와 근거를 들어 증명하는 방 식이다. 지금까지 인류가 사용해온 두 논증 방법, 연역법과 귀납법을 모두 사용하기 때문에 PREP은 탄탄하다. 각 내 용을 구체적으로 살펴보자.

먼저 앞의 P(Point)다.

비즈니스 문서는 대부분 두괄식으로 작성한다. 주장을 앞에 두는 이유는 비즈니스 사회가 바쁘게 돌아가기 때문이다. 더 중요한 이유가 있다. 결론은 앞으로 전개될 이야기의 방향을 제시하기 때문에 듣는 사람도 이를 중심으로 생각하게 된다. 반면 결론부터 말하지 않으면 방향성이 잡히지 않아 말하는 사람도 횡설수설하기 쉽다. 이야기를 펼쳐나갈 기준이 없기 때문이다. 윗사람에게 보고할 때 "도대체 요점이 뭔가?"라고 통박을 듣는 사람은 대부분 결론부터 말하지 않아 횡설수설하는 소리로 들려서다.

R(Reason)은 논리와 논리를 이어주는 역할을 한다.

단적으로 말해 연역법은 이유를 제시해야 한다. 그래야 진위를 판단할 수 있기 때문이다. 때문에 칼럼 같은 글은 반드시 이유를 제시해야 글쓴이가 왜 이런 주장을 하는지 이해할 수 있다. 앞에 소개한 예문에서 이유를 빼고 문장을 읽어보자.

P 나는 김치가 좋아요

E 전, 찌개, 볶음밥 다 맛있어요

P 그래서 김치가 최고예요

이렇게 이유를 제시하지 않으면 글쓴이가 왜 이런 주장을 하는지 추측해야 한다. '어떤 요리를 해도 맛있어서인지' 아니면 '여러 요리를 할 수 있어서인지' 등. 만약 복잡한 데이터나 그래프를 근거E로 드는 글이라면 혼란은 더 심해진다. 어느 부분에 초점을 맞춰 보고 이해해야 할지 헷갈리기 때문이다. 이렇듯 이유는 주장과 근거 사이에서 둘을 이어주는 동시에 논리를 탄탄하게 한다.

E(Example)에서는 객관적인 근거, 사례를 들어야 한다.

주장과 이유는 글쓴이의 생각에서 나온다. 하지만 근거는 외부에서 가져와야 한다. 이유만 읽고 글쓴이의 생각에 동의하는 사람은 적다. 대부분 객관적인 자료를 요구하고 이런 자료를 제시해야 신뢰할 수 있는 글로 인정받는다.

마지막으로 한 번 더 요약(P)해서 강조한다.

심리학에 '최신 효과'라 불리는 이론이 있다. 독자가 가장 최근에 제시한 정보를 더 잘 기억하는 현상을 말한다. 따라서 주장을 마지막에 한 번 더 강조해야 한다. 긴 글을 읽다보면 처음 주장한 내용을 잊어버릴 수 있어 반복해서 환기해야 한다. 식상함을 피하려면 앞에 했던 문장과 표현을 달리한다. 앞에서 '나는 김치가 좋아요'라고 했다면 '그래서 김치가 최고예요'라는 식으로 바꿔 쓴다.

PREP은 [피라미드 구성]의 기초다. 건축에 비유하면 P, R, E, P라는 재료를 섞어 만든 벽돌이 PREP이고 이 벽돌을 쌓아 올려 건물을 세운다.

여기까지 공부한 후 '비즈니스맨이 미술을 배워야 할 이유'란 제목으로 칼럼을 썼다. PREP 3개로 하위 그룹을 구성하고 맨 위의 'P'를 소제목으로 바꿨다.

1. 고급 제품을 만들려면 미술을 공부해라. (P)

R. 일반 제품보다 미술품은 수백 배 비싸다

E. 고흐나 피카소의 그림은 수백, 수천억 원을 호가한다

P. 미술가는 '칠장이'에서 '예술가'로 변신하는 방법을

연구해 비싼 가격에 제품을 팔 수 있었다

2. 차별화해라. (P)

R. 경쟁이 치열한 비즈니스 세계에선 최신, 최고만 살아남는다

E. 야수파가 색을 강조하자 추상파는 선을 들고 나왔다

P. 미술은 적자(기존 답습)가 아니라 서자(새로움)를 통해 계승된다

3. 응용해라. (P)

R. 미술가는 새로움만 추구하지 않았다. 다른 작품의 장점을 모방해 응용했다

E. 피카소는 고전파부터 야수파, 심지어 원시미술까지 섭렵해 자신의 작품에 응용했다

P. 피카소가 말한 '뛰어난 예술가는 모방하지만 위대한 예술가는 훔친다'는 스티브 잡스의 좌우명이 되었고, 이를 비즈니스에 적용해 성공했다

나는 선배에게 원고를 보냈고 3일 후 칼럼이 게재됐다.

● 실습

[PREP]을 활용해 칼럼을 써보자. Why 3개 또는 How 3개로 구성하거나 섞어

서 써도 좋다.

```
                    ┌─────────────┐
                    │  주장(결론)  │
                    └─────────────┘
          ┌───────────────┼───────────────┐
┌──────────────┐ ┌──────────────┐ ┌──────────────┐
│   소제목 1   │ │   소제목 2   │ │   소제목 3   │
└──────────────┘ └──────────────┘ └──────────────┘
┌─┬────────────┐ ┌─┬────────────┐ ┌─┬────────────┐
│R│            │ │R│            │ │R│            │
├─┼────────────┤ ├─┼────────────┤ ├─┼────────────┤
│E│            │ │E│            │ │E│            │
├─┼────────────┤ ├─┼────────────┤ ├─┼────────────┤
│P│            │ │P│            │ │P│            │
└─┴────────────┘ └─┴────────────┘ └─┴────────────┘
```

● 메모

_____

_____

_____

_____

_____

_____

_____

15

반대이론도 포용하는
[디베이트 사고]

어느 날 낯선 번호로 전화가 왔다.

"지난 번 신문에 쓰신 칼럼을 보고 전화 드렸습니다. 원고를 요청 드리고 싶어서요." 잡지사 기자라고 자신을 소개했다.

"어떤 내용인데요?"

"순수미술과 실용미술의 대립에 대해 작가님의 의견을 듣고 싶습니다."

기자의 말을 들으니 최근에 읽은 기사가 생각났다. 미술관 관장을 뽑는데 실용미술을 전공한 후보자를 탈락시켰고, 심사위원들이 순수미술을 전공한 사람들뿐이었기에 그런 결정을 내렸다는 의혹이 제기됐다.

"작가님 생각은 어떠신가요?"

"글쎄요... 생각을 정리해봐야겠습니다."

"원고는 써주실 거죠?"

쓰겠다고 했다. 내 글을 읽고 감동받아 원고를 부탁한다는 말에 마음이 움직였다. 기자가 알려준 '순수미술과 실용미술의 대립' 기사를 찾아 읽어보았다. 순수미술을 교육하는 곳에서도 디자인 등 실용 분야를 커리큘럼에 포함시켜야 한다는 내용이었다. 검색하다 보니 순수와 실용의 대립은 미술계에서만 발생하는 문제가 아니었다. 문학에서도 순수소설과 대중소설이 서로를 공격했다. 순수소설은 '문학성도 없고 새로운 정보도 주지 않는 시간 낭비용 글'이라며, 대중소설은 '독자를 외면한 소수가 문화 권력을 유지하기 위해 쓰는 글'이라며 서로를 비난했다. 이런 현상은 과학계에서도 나타났다. 거기는 순수과학 대 응용과학으로 나뉘어 다퉜다.

기사를 읽고 나서 원고를 쓰기로 한 것을 후회했다. 이미 많은 전문가가 의견을 냈지만 해결되지 않은 고질적인 주제였다.

고민하다 [디베이트 사고] 틀로 각자의 의견을 정리해 보았다. 디베이트 사고는 찬반양론을 거듭해 가며 상대의 주장에 대해 이해를 높이는 틀이다. 토론 방식으로 진행하는데 최선의 해법이 나올 때까지 찬성과 반대를 거듭한다. 의견을 반박하거나 수용하는 과정에서 발전된 생각이 나오기도 하지만 끝까지 합의되지 않는 경우도 있다. 이런 경우 의사결정권자가 최종 결정을 내린다. 하지만 미술계, 문학계, 과학계는 의사결정권자가 없으니 쉽게 해결될 리 없다.

다음은 기사에 나온 찬성과 반대 의견을 디베이트 틀로 정리한 내용이다.

주제	순수와 응용의 대립		
찬성의견 ❶	**반대의견 ❶**	**찬성의견 ❷**	**반대의견 ❷**
• 순수예술에서도 실용분야를 가르쳐야 한다.	• 예술의 근원인 자유로운 창작 활동을 먼저 배워야 한다. • (제품 개발 등) 목적에 종속된 교육은 새롭고 특별한 창작물이 나올 가능성을 해친다.	• 예술가라 해도 수용자(고객)를 중시해야 한다. • 무제한의 자유는 오히려 질 낮은 작품을 만드는 핑계가 될 수 있다	• 예술이 돈벌이 수단으로 전락할 수 있다. • 판매량이 많다고 뛰어난 예술품은 아니다. 예술은 고유성(아우라)이 생명이다.

기사만 정리했는데도 찬성과 반대가 길게 이어졌다. 정리한 내용을 읽으며 곰곰이 생각해보았다. '나는 어느 편일까?'

칼럼이나 논술은 일관성 있게 써야 한다. 앞에서는 순수예술만 가르쳐야 한다고 했다가 뒤에서는 실용예술도 가르쳐야 한다고 하면 앞뒤가 안 맞는다, 즉 논리가 없다는 말을 듣는다. 상대 주장에도 어느 정도 인정할 부분이 있다고 생각되면 일단 반론을 수용하고 재반박하는 방식으로 일관성을 유지하는데 논증에서는 이를 '반론처리'라 한다.

인간사가 그렇듯 찬성과 반대, 어느 한 편이 전적으로 옳은 경우는 드물다. 오히려 반대를 수용할 때 더 좋은 아이디어가 나온다. 데블스 에드버킷devil's advocate이란 말이 있다. '악마의 변호인'이라는 뜻으로 의도적으로 반대 입장을 취하며 선의의 비판자 역할을 하는 사람을 말한다. 모두가 찬성할 때 반대 의견을 제시해 토론을 활성화시키고 다른 대안이 있는지 모색하는 역할을 한다. 만장일치, 또는 자기 생각만 옳다고 고집하는 사람에 의해 발생하는 폐해를 방지하기 위해서다.

논술이나 논증도 마찬가지다. 상대의 의혹, 반론까지

예상하고 이에 대처하는 사람이 오히려 신뢰를 준다. 이런 이유로 자신의 논지에 반하는 의견, 의혹을 폭넓게 예상해 어디까지 반론을 수용하고 거부할 것인지 결정한 다음 글을 써야 한다. **반론처리는 자신의 주장을 약화시키지 않는다. 오히려 공감대를 형성하고, 주제에 관해 폭넓고 깊이 있게 생각했다는 인상을 준다.**

논술에서도 이런 식의 글쓰기를 장려한다. 대학논술시험은 대부분 4~5개 예문을 제시하고 자신의 생각을 서술하는 형식으로 출제하는데 주로 상반된 관점을 요약하거나, 비교하거나, 연관 관계를 설명하고 자신의 생각을 설명하라는 식으로 문제를 낸다. 이런 문제는 일방적인 진술보다 대립문을 포용해 글을 쓰는 게 좋은 점수를 받을 가능성이 높다. 다양한 관점을 수용하면서 자신의 주장을 펼 수 있도록 훈련하는 게 논술 교육의 취지이기 때문이다.

반론처리를 넣어 글을 완성했지만 개운치 않았다. '둘 모두를 수용하는 방법은 없을까?' 하는 의문이 들어서였다.

'트리즈'라는 혁신 방법론이 있다. 트리즈는 '모순'을 인정하고 이를 해결할 때 혁신적인 제품이 발명된다는 이론이다. 모순矛盾이란 한자를 직역하면 '창과 방패'라는 뜻이다. 중국 초나라의 상인이 창과 방패를 팔면서 창은 어떤 방패로도 막지 못한다 하고 방패는 어떤 창으로도 뚫지 못한다고 앞뒤가 맞지 않은 말을 한 데서 유래했다. 이 상인은 창과 방패를 팔 수 없을까? 트리즈 해결책인 '시간 분리' '공간 분리'를 적용하면 팔 수 있다. 시간 분리를 이용해 낮에는 창을 팔고 밤에는 방패를 팔거나, 공간 분리를 이용해 동대문시장에서는 창만 팔고 남대문시장에서는 방패만 팔면 된다. 말장난 같지만 실제 이런 해결 방법이 널리 사용되고 있다. 비행기 날개는 이륙할 때는 양력을 잘 받도록 넓어야 하지만, 착륙할 때는 공기 저항을 덜 받아야 하니 좁아야 한다. 이 문제는 비행기 날개를 잘라 착륙할 때 공기를 통하게 해서 해결했다. 비행기 바퀴도 마찬가지다. 날아갈 때는 공기 저항을 줄이기 위해 몸통 안에 숨긴다.

나는 반론처리 뒤에 제 3의 해법을 의견으로 덧붙였다. 실용화에 동의하는 창작자그룹과 동의하지 않는 그룹으로 나누어 커리큘럼을 달리 하거나, 배우고 싶은 과목을 개인이 선택하는 방법을 추가로 제시했다.

● 실습

찬반양론을 전개해보자. 그런 다음 반대의견까지 포용할 수 있는 해법을 도출
하자(또는 반론처리 방법을 생각해보자).

주제	

찬성의견 ❶	반대의견 ❶	찬성의견 ❷	반대의견 ❷

● 메모

_____

_____

_____

_____

_____

_____

16 　　　　　　　　　　새로운 아이디어로 이끄는
　　　　　　　　　　　　　　　　　　　[트레이드온]

　　변증법은 '모순 또는 대립을 근본원리로 하여 사물의
운동을 설명하는 논리'라고 정의하지만 엄격하게 말해 논
리라기보다 철학, 사상에 가깝다. 고대 그리스에서 진리를
찾아가는 대화술, 문답법이란 뜻으로 사용된 변증법은 뒷
날 독일의 헤겔에 의해 사물은 정正·반反·합合 삼 단계를
거쳐 전개된다고 하는 이론으로 발전했다. 정正의 단계란
그 자체 모순을 포함하고 있음에도 알아차리지 못하는 단
계이고 반反의 단계란 그 모순이 밖으로 드러나는 단계이
며 합合의 단계는 모순에 부딪쳐 제3의 단계로 나가는 것
이다.

　　구글, 삼성 등 수많은 대기업에서 활용하고 있는 트리

즈는 변증법을 바탕에 깔고 있다. 세상사 대부분이 모순 상태에 있다고 보고 이를 해결하려는 혁신방법론이기 때문이다. 예를 들어 일손이 모자라 인원을 채용하면 생산력은 좋아지지만 인건비가 증가하는 모순 상태가 나타나고 기업은 외주 또는 비정규 채용 등의 방법을 써서 이러한 문제를 해결하려 한다. 개인 역시 마찬가지다. 회사에 다니면 경제적으로 유리하지만, 개인의 자유나 시간을 희생해야 하는 상황에 처한다. 트리즈에서 제시하는 일반적인 해결책은 장점을 극대화하고 단점을 최소화하는 것이다. 전자담배를 예로 들 수 있다. 담배는 많은 사람이 애용하는 기호품이지만 건강을 해치는 단점이 있다. 담배 맛은 살리고 건강에 덜 해롭게 만든 것이 전자담배다. 아직 불완전한 제품이지만 판매량이 늘면서 새로운 시장을 만들 정도로 규모가 커졌다.

'A냐 B냐' 양자택일하는 사고방식이 아니라 변증법처럼 'A와 B를 포괄하는 보다 나은 C'를 생각하는 게 생산적인 결과를 낳는다. 한 가지 유의해야 할 것은 한번 합슴이 만들어졌다고 그치는 게 아니다. 새로운 모순이 나올 수 있고

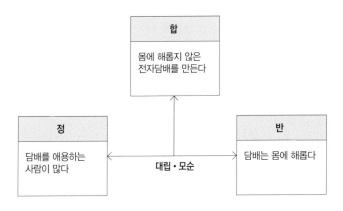

이럴 때 또 다시 새로운 합合을 추구해야 한다. 이처럼 변증법은 끝없는 과정이다.

비슷한 사고법으로 [트레이드온, trade-on]이 있다. 무엇을 얻기 위해 다른 무엇을 희생해야 하는 관계를 트레이드오프trade-off라고 한다. 우리는 이런 사고방식에 익숙하다. 고대로부터 희생제물을 바친 후 복을 빌었고 지금도 '공짜 점심은 없다'는 말을 상식으로 받아들인다. 트레이드온은 트레이드오프와 달리 상반된 요소를 모두 취하는 사고방식을 말한다.

판매 관점에서 보면 책은 '실용서'나 '문학서'로 나뉜다. 독자는 정보를 얻거나 재미를 느끼려 책을 구매한다. 정보와 재미, 이 둘을 모두 주는 책은 호응 받기 쉽다.《미움 받을 용기》는 딱딱한 내용의 심리학책이지만 소설 형식으로 써서 베스트셀러가 됐다. 최근에는 실용서로 정리한 철학서, 소설로 쓴 역사서가 유행하고 있다.

[트레이드온]은 상황에 따라 기준^{아래 그림에서는 '정보'와 '재미'}을 바꿔 사용한다.

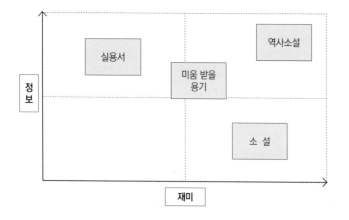

비즈니스에서도 트레이드오프 식 충돌이 자주 발생한다. 서로 원하는 게 상충하기 때문이다. 흔한 예로 판매자

는 돈을 더 받으려 하고 구매자는 덜 주려 한다. 이런 문제는 어떻게 해결해야 할까? 돈이 최고의 가치는 아니다. 우리는 많은 돈을 주고서라도 명품을 사려하고, 주인이 마음에 들면 값을 따지지 않기도 한다. 이렇듯 사람이 돈을 지불하는 이유는 여러 가지인데 핵심은 욕망이다. 욕망은 사람마다 다르다. 따라서 타협의 여지가 있다. 회사는 돈을 버는 게 욕망이지만, 명품을 사는 사람은 품질이나 과시가 욕망이다.

그래서 상대의 욕망을 잘 파악하는 사람이 타협을 잘 한다. 상대의 욕망을 파악해 협상을 타결하려 할 때 사용하는 틀이 [크리에이티브 옵션, Creative Option]이다. 크리에이티브 옵션의 대표적인 예로 '이집트 이스라엘 평화협상'을 들 수 있다. 1967년 6일 전쟁으로 이스라엘은 이집트 영토인 시나이반도를 점령했다. 이후 이집트는 영토를 돌려달라고 했지만 이스라엘이 일부만 반환하겠다고 고집했다. 협상이 결렬되면서 시나이 반도는 '중동의 화약고'가 됐다. 미국의 중재로 협상이 타결됐는데 일부만 반환하겠다고 한 이유를 간파했기 때문이다. 시나이반도에는 이스라엘이 한눈에 내려다보이는 고지대가 있다. 거기에 대포를 설치하면 이스라엘의 안보가 위태로워지기 때문에 반환하지 않은 것이다. 미국은 영토를 전부 반환받되 군대를 배치하지 않도록 이집트를 설득하고 유엔 평화유지군을 주둔시켰다.

이집트 이스라엘 평화 협상

	이집트	이스라엘
Position(주장)	100% 반환	일부 반환
Interest(욕망)	자존심	안보
Creative Option	100% 반환, 다국적 감시군 주둔	
결과	협상 타결	

기본적으로 인간관계를 '제로 섬 (zero-sum)'이 아닌 '플러스섬 (plus-sum)'으로 생각할 때 더 큰 결실을 얻을 수 있다. 제로섬은 총합이 제로가 되는 상태를 말한다. 달리 말해 한쪽이 이익을 보면 다른 쪽은 손해를 본다. 때문에 타협이 쉽지 않다. 반대로 플러스섬은 총합이 플러스가 되는 것을 말한다. 인간사회는 이 플러스섬 사고를 근간으로 유

지된다. 무역이나 시장은 효용을 극대화하기 위해 만들어진 제도다. 무역이 없다면 우리는 커피를 마실 수 없고, 에스키모는 가죽옷에 고기만 먹고 살아갈 것이다. 내 가게 옆에 같은 물건을 파는 경쟁사가 생기면 불리하기만 할까? 꼭 그렇지는 않다. 떡볶이거리니 순대거리니 하는 곳은 가게가 모여 있어 판매가 더 잘 된다. 단체로 싼 가격에 물건을 대량 구매하는 등의 아이디어를 낼 수 있고 요리 비법을 공유하며 발전을 꾀하기도 한다.

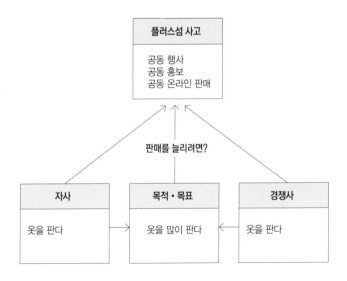

'판매를 늘리는' 예를 들었지만 이밖에도 '고객을 늘리려면' '비용을 줄이려면' 등 다양하게 응용할 수 있다. 분열과 다툼을 가져오는 제로섬 사고보다 모두가 승리win-win할 수 있는 플러스섬 사고를 먼저 고민해보자.

합의를 이끄는 다양한 사고방식을 알리고 싶어 여러 가지 틀을 소개했다.

● 실습

[트레이드온]은 제품, 서비스 개발에도 활용할 수 있는 틀이다. 이 틀을 활용해 내가 쓰려는 책을 구상해보자.

● 메모

_____

_____

_____

_____

_____

_____

_____

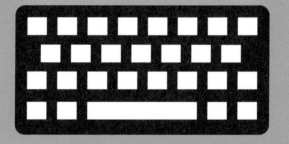

4부

자서전/
수필 쓰기

논술과 달리 문학은 이성, 논리보다는 감성, 감정, 감각을 통해 내용을 전달한다. 그런데 문학 장르에서도 감성, 감정의 비중이 다르다. 시는 서정시(抒情詩)가 대세이듯 감정이 중심이다. 따라서 절규하듯 내지른다. 반면 소설은 인과론을 따른다. 그래서 소설은 치밀한 묘사, 정보를 전달하는 대화 위주로 전개된다. 수필은 산문이라 소설에 가깝지만 시처럼 압축되고 여운 있는 단어를 선호한다. 굳이 말하자면 시와 소설의 중간에 있는 셈이다. 분량도 A4 3장, 원고지 15매 정도로 시보다는 길고 소설보다 짧다.

17

삶을 일깨우는 기억
[나의 연대기]

　오랜만에 후배를 만났다. 후배는 친한 친구의 죽음에 충격을 받아 퇴사하고 식물 모양의 가습기를 만드는 스타트업 회사를 차렸다. 병상을 지키며 그런 제품을 만들어야겠다는 생각을 했다고 한다. 술이 얼큰해질 무렵 후배가 용건을 꺼냈다.

　"형, 내가 후원하는 노인복지회가 있는데 글쓰기 강의 해줄 수 있어요?"

　영업 강의는 해봤지만 글쓰기 강의를 한 적은 없었다. 기껏해야 책에서 읽은 내용을 발췌해 발표한 경험뿐이다.

　"내가 할 수 있을까?"

　"형은 책도 냈잖아. 연세 많은 어르신들이니 부담 갖지 말고 해봐요."

"어르신들이 왜 글쓰기를 배우려 하니?"

"글을 모르시는 분들은 글자를 배우고 싶어 하잖아. 비슷해. 글자를 알면 글쓰기를 하고 싶어 하셔. 어렸을 때 문학청년의 꿈을 가졌거나, 살아온 이야기를 책으로 남기고 싶거나… 어디서 설문조사했는데 우리나라 사람의 70%가 기회가 되면 책을 출간하고 싶어 한대."

이틀만 생각할 시간을 달라고 했다. 생전 처음 글쓰기를 하려는 사람에게 무엇을 가르쳐야 할까? 맞춤법이나 표현법은 재미도 없고 이해하기도 힘들 것이다 내가 그랬다. 수필이나 소설은 처음 쓰는 사람에게는 어려울 듯 했다.

다음 날 퇴근하고 서점에 갔다. 글쓰기 책을 모아놓은 곳에서 《노인 자서전 쓰기》라는 책 제목을 보자마자 '이거다!' 하는 생각이 들었다. 누구나 갖고 있는 글쓰기 소재가 있다. 바로 자신의 삶이다. 고유하기에 의미도 있다.

책을 읽고 후배에게 전화했다. "할게. 커리큘럼은 지금부터 짜야 해."

사외 강의도 하고 싶었고 글쓰기 강의도 하고 싶었다.

'가르치는 사람이 가장 많이 배운다'는 말을 나는 믿는다. 무엇보다 봉사활동이라는 점이 마음에 들었다. 한번쯤 나만을 위한 삶이 아니라 남을 위한 삶을 살고 싶었다.

매주 토요일 2시간씩, 12주차 커리큘럼을 만들었다. 이론보다는 실습 위주로 구성했다. 어르신들이라 이론이 오래 남을 것 같지 않았고, 실습 교육이 효과가 더 커서였다. 매주 과제를 준비했는데 어르신들이 따라올지 의문이었다.

여자 6명 남자 1명, 7명이 모여 첫 수업을 시작했다. 나이는 63세에서 가장 많으신 분이 87세였다. 내 소개부터 자서전식으로 했다. 대학교에 가고 싶어 공고를 자퇴한 이야기, 글쓰기를 배우고 싶어 영화 시나리오 학원에 들어간 이야기... 강의에서는 동기부여에 공을 들였다.

자서전 쓰기는 크게 3가지 효과가 있다. 목표한 일을 해냈다는 성취감을 준다. 과거를 반추하는 과정에서 원망이 해소돼 마음을 치유하고 지나온 삶을 성찰함으로써 더 나은 삶을 위한 새로운 계획을 세울 수 있다. **시인 나탈리 골드버그는 이를 '글쓰기는 인생을 두 번 살게 한다'고 표현했고, 심리학자 에밀리 에스파하니는 '나의 정체성은 무엇인**

가?'라는 질문에 대답하게 함으로써 자아를 찾는 데 도움을 준다고 말했다.

자신감을 북돋우기 위해 나이 들어 글을 써 작가로 성공한 사람과 일반인이 쓴 글이 베스트셀러가 된 사례를 들었다. 최문희 작가는 77세에 '혼불문학상'을 수상했고 이옥남 씨는 농사를 지으며 쓴 일기를 97세에 출판해 잔잔한 감동을 안겨주었다. 고령화가 진행되고 있는 일본에서는 '아라한all around'이라는 단어가 유행하고 있다. '100세 전후 작가'를 일본식 영어로 표현한 말이다. 노인 글쓰기 열풍을 일으킨 사람은 시바타 도요다. 시바타 도요는 92세에 시를 쓰기 시작해 98세에 장례비용으로 모아둔 돈으로 책을 출간했다. 책은 6개월 만에 70만부가 팔리며 베스트셀러가 됐고 이에 힘입어 100세 전후 노인들이 《100세 정신과의사가 발견한 마음의 안배》《103세가 알게 된 것》같은 책을 연이어 출간하며 열풍을 이어가고 있다.

출판하지 않더라도 자서전을 쓰는 것은 의미가 있다. 가족에게 소중한 추억과 정신적 유산을 남겨 주고 사회가 개인이 체험한 내용을 알게 한다. 역사 시간에 '한국 전쟁'

을 배웠지만 전쟁이 개인에게 어떤 고통을 주는지는 직접 겪은 사람이 아니면 알려주기 어렵다. 이런 이야기를 기록해 후대에 문화유산으로 남겨야 한다.

"먼저 잊고 지내던 기억을 끄집어내기 위해 나의 연대기를 작성하겠습니다."

[나의 연대기] 는 대부분의 자서전 글쓰기 책에서 추천하는 표이다. 책마다 조금씩 다르지만 연도를 쓴 다음 그 옆에 나이, 개인, 가족, 사회적 사건을 쓴다. 나는 연도를 빼고 가족, 사회적 사건을 합쳐 간단하게 만들었다.

연대기를 작성하면 중요한 사건을 빠뜨리지 않고 중복해서 중언부언하는 것을 막을 수 있다. 가족이나 사회적 사건을 쓰게 하는 것은 당시를 객관적인 시각에서 조망하고 환경이 내게 어떤 영향을 미쳤나를 파악하기 위해서다.

"이것이 제 삶을 정리한 [나의 연대기]입니다."

개략적으로 내가 쓴 연대기를 설명하고 준비해 간 표를 나눠주었다.

"이제부터 어르신들의 연대기를 작성하겠습니다. 기억나는 일, 사건을 생각나는 대로 쓰시면 됩니다."

나이	개인 사건	가족/사회적 사건
1살	인천 동인천역 근방에서 태어남	
4살	인천 화평동으로 이사함	
8살	축현국민학교 입학	엄마와 동생 둘이서 남의 집 마루에 삶
9살	창영국민학교 전학	생활고로 나와 동생을 입양 보냄
10살	엄마를 찾아 헤매, 마침내 만남	송현동 시장통 월세 방에서 삶
11~13살	계속 이사 다녀 친구를 많이 사귀지 못함(텃세 부리는 애들과 싸움을 많이 함)	월세가 싼 곳을 찾아 조금씩 수도국산 산꼭대기로 올라감
14살	송도중학교 입학	호떡을 팔다가 월미도에서 기념품을 팜(철거반이 구르마를 뺏어가는 광경을 목격)
15살	백일장 '시' 부문에서 장원을 함	연탄가스에 중독됐다 살아남
16살	교회에 감 (교회에서 주는 장학금을 받음)	첫사랑이자 짝사랑이 생김
17살	공고에 입학했다 자퇴(대학이란 곳이 있다는 것을 처음 알게 됨)	간질을 앓고 있는 태수와 친구가 됨 (태수는 고등학교에 가지 못함)
18살		

　쉽게 쓸 수 있으리라 생각했는데 빈종이만 바라보고 있는 분이 많았다. 어르신들이라 옛날 일을 기억하기도 쉽지 않은 모양이었다. 몇 사람이 쓰기 시작하는 것을 보고 내심 안도의 숨을 쉬었다. 그 모습을 본 다른 사람들도 쓰기 시작했다.

돌아다니며 쓴 글을 읽어보았다. 학교 입학 등 정례적인 내용이나, 시장 표창 등 자랑거리를 쓴 글이 많았다. 사람마다 중요하게 생각하는 시기가 달랐다. 어떤 사람은 어린 시절을 길게 늘어놓는데, 한 자도 쓰지 않고 건너뛰는 사람도 있었다.

무언가 잘못되어가고 있다는 느낌이 들었다. 시간이 다 돼 나는 지금까지 쓴 연대기를 받아 챙기고 종료인사를 했다.

● 실습

[나의 연대기]를 정리해 보자. 예전에 썼던 일기나 앨범을 찾아보거나 부모님,
친구와 이야기를 나누면 기억을 되살리기 쉽다.

나이	개인 사건	가족/사회적 사건

● 메모

_____

_____

_____

_____

_____

18

추적하고 개선하는
[프로세스 맵]

제출한 나의 연대기를 읽으며 문제점을 찾아보았다. 첫 시간이라 그랬겠지만 '입학' '결혼' 등 큰 제목만 개략적으로 나열했다. 자세히 쓰지 않아 어떤 일이 있었는지 알 수 없었다. '디테일에 신神이 있다'는 말처럼 글은 구체적인 사건, 세부 묘사, 섬세한 표현이 좌우한다. 그나마 써놓은 내용이 자랑거리나 '큰 아들 장학금 받음' 같은 칭찬거리 일색이란 점도 마음에 들지 않았다. 쓰는 사람은 자랑을 하고 싶을지 몰라도 읽는 사람은 그런 이야기를 좋아하지 않는다. 아리스토텔레스는 비극이 카타르시스배설을 통한 치유, 정신적 정화를 일으킨다고 했는데 주인공에게 공포와 연민을 느끼기 때문이다. 독자는 위험하거나, 고통스러운 사건을 읽고 싶어 한다. 그런 내용이라야 감정이 이입되고 배울 점이 있기 때문이다.

문제를 알았으니 해결책을 찾아야했다. '구체적인 이야기'가 나오게 하려면 '구체적인 질문'이 필요했다. 어린 시절부터 시기별로 나누어 진행하되 그 당시 겪었음직한 질문을 모아 〈질문 노트〉를 만들었다.

– 가장 기뻤거나 아름다웠던 순간은?

– 가장 화가 나거나 서럽게 운 때는? 이유는?

– 지금까지도 생생하게 떠오르는 기억은?

– 내가 겪은 특별한 사건 또는 경험은?

– 가장 좋아하는 음식은 무엇이었나?

준비를 마치고 다음 시간을 맞았다. 나는 이야기로 강의를 시작했다.

"미국 어느 동네에 두 남자애가 살았습니다. 둘 다 진교에서 1, 2등을 다툴 정도로 똑똑했습니다만 가정 형편은 달랐습니다. 한 아이는 홀어머니에 세 동생과 함께 가난에 찌든 생활을 하며 자랐고 다른 아이는 부잣집 외아들로 따뜻한 보호를 받으며 성장했습니다. 커서 가난한 집 아이는 노벨문학상을 받은 대작가가 됐고 부잣집 아이는 서점 주인이 됐습니다. 가난한 집 아이가 문학상을 받았다는 소식을 들은 친구들이 부잣집 아이에게 물었습니다. '너는 왜 작가가 되지 못했어? 너도 꿈이 작가였잖아?' 그러자 부잣집 아이가 대답했습니다. 뭐라고 했을까요?"

중간에 이야기를 끊고 교육생들에게 질문했다. 답하는 사람이 없었다.

"이렇게 말했습니다. '내게는 술집에서 술파는 엄마가 없었잖아. 동생들을 학대하는 못된 새 아빠도 없었고. 막내 동생 우유를 사려고 레모네이드를 만들어 팔거나 학교를 중퇴하고 벌목꾼 일을 한 경험도 없잖아. 작가가 되기에 나는 너무 나쁜 환경에서 자랐어' 한마디로 부잣집 좋은 환경이 작가가 되는 것을 방해했다는 이야기입니다. 공감 가세요?"

몇 분이 고개를 끄덕였다.

이어서 나는 독자는 제 자랑보다 고통에 대해 쓴 글을

더 높이 평가한다고 말하고 이유도 설명했다.

"고통, 고난을 감추려고 하지 마세요. 그게 쓰는 사람에게도 좋습니다. 마음속에 감춰두었던 과거 사건을 직시할 수 있어야 묵은 상처를 치유할 수 있습니다. 그래서 '치유의 글쓰기'라는 말도 있습니다. 숨기지 마시고 제가 드린 노트에 다 쓰세요. 쓰신 후에 밝히고 싶지 않으면 보여주지 말고 없애버리셔도 됩니다."

이어 〈질문 노트〉를 나누어주고 질문에 답하며 기록하는 시간을 가졌다. 같은 질문에도 각자가 중시하는 시기, 내용이 달랐다. 그 점은 어쩔 수 없었다. 개인이 겪은 경험이나 의미는 다를 수밖에 없고 오히려 장려해야 할 특징이었다.

다음으로 개인의 경험에 일관성을 주는 작업을 했다. 전체를 관통하는 주제를 생각하며 써야 한다. 그래야 일관된 흐름이 생겨 쓰기 쉽고 독자도 이해하기 쉽다.

주제 찾기 방법을 고민하던 나는 혁신 활동에서 쓰는 [프로세스 맵]을 활용하기로 했다. 원래는 전체 프로세스를 단계별로 나눠 문제점을 파악할 때 쓰는 틀이다. 각 단계마다 이루어지는 활동을 구체적으로 적고 하나하나 검토해나간다. 생산프로세스 등은 길고 방대하기 때문에 이렇게 나눠서 분석해야 문제가 발생한 부분을 찾을 수 있다. 나의 연대기는 수직으로 내용을 적어 내려가지만 프로세스 맵은 수평으로 써나간다.

"지난 번 나의 연대기는 살아온 날을 위에서 아래로 정리했습니다. 이번 시간에는 옆으로 써보겠습니다. 위에 제목을 달고 그 아래 당시 겪었던 일을 쓰면 됩니다. 어렵게 생각하지 마시고 질문노트에 쓴 내용과 나의 연대기를 참고해 옆으로 써나가세요."

프로세스 맵으로 정리한 내 삶을 예로 보여주었다.

어린시절	초등학교	중학교
• 동인천역 근방에서 태어남 • 화평동으로 이사	• 축현교 입학 • 남의 집 마루에서 겨울을 남 • 입양 • 창영교 전학 • 6번 이사 • 수도국산 달동네 삶 • 싸움을 많이 함	• 송도 중 입학 • 호떡 구르마 철거 • 월미도 기념품 판매 (조개껍질 본드로 붙여 팔아, 단칸방에 늘 본드 냄새) • 백일장에서 상 탐 • 교회 다님

프로세스 맵으로 쓰면 소주제를 잡기 쉽고 삶에서 의미 있는 시기를 쉽게 찾을 수 있는 장점이 있다. 많은 내용을 쓴 시기가 중요하고, 인생의 전환점이 찾아온 때였다. 그래서 기억이 많이 나는 것이다. 거꾸로 그런 부분을 골라서 읽어보면 내 삶의 주요 흐름, 글로 말하면 주제를 잡기 쉽다.

프로세스 맵을 정리하고 다음 작업을 했다.

"지금부터는 프로세스 맵에다 '쓸 수 있다' 또는 '쓰고 싶다'고 생각하는 단계에 별(★)표를 치세요. 그 단계를 중심으로 써나가면 됩니다. 내용도 아래 다 기록했으니 이제는 글로 풀어쓰시기만 하면 됩니다. 다음 수업 때까지 첫 단계를 글로 써서 제게 이메일로 보내주세요."

한 편도 안 오면 어쩌나 걱정했는데 모두 보내왔다. 이런 식으로 '중년시절'을 지나 '현재 생활'까지 완성했다. 그리고 한 달간 여름방학을 가졌다.

"방학 동안 지금까지 쓴 글을 연결해 자서전을 완성해서 보내주세요. 그럼 제가 1차 교정을 보고 다듬어야 할 내용을 말씀드릴게요."

방학이 끝나기 전 A4 25장에서 54장까지 쓴 자서전이 날아들었다.

이번 자서전 쓰기 교육을 시작하면서 **'방법만 알면 누구나 글쓰기를 할 수 있다' '글쓰기는 학력, 직업, 나이와 무관하다'** 등 평소 내가 가진 신념을 확인하고 싶었다. 내 생각이 맞았다. 의지만 있으면 누구나 글을 쓸 수 있다.

글을 교정하면서 보니 사람마다 글 쓰는 버릇이 있었다. 이 버릇을 문체Style 라고 한다. 고유한 특성을 살리려 눈에 거슬려도 그대로 남겨놓았지만 잘못된 부분은 고쳐주어야 했다. 맞춤법 등 잘못 알고 있는 내용을 계속 틀렸다. 그런 부분을 수정하고 아래 이유를 달았다.

개학 후 원고를 읽으며 고친 부분을 설명하고 내 의견을 제시했다. 어디까지나 의견이니 최종 결정은 글을 쓴 작가가 하라고 여지를 남겨놓았다. 이런 시간을 거치며 최종 원고가 완성됐고 단풍이 들 무렵 책이 출간됐다.

● 실습

[나의 연대기]를 [프로세스 맵]으로 옮겨보자. 기억나는 내용을 추가하고 의미 있는 시기를 찾아 글로 풀어 써보자.

● 메모

19 제재를 중심으로 아이디어를 확산하는 [만다라트]

여행 잡지사를 운영하는 친구에게서 연락이 왔다. 국내 여행지를 소개하는 잡지를 만들어 버스회사나 터미널 등과 제휴하여 판매하고 있다.

"잡지사는 잘 되니?"

"잘 안 돼. 지원금이 없었으면 벌써 끝났을 거야."

친구는 유관기관에서 지원금을 받는데 그마저도 중단될 위기에 처했다고 말했다.

"원고 부탁하려고 전화했어. 미리 말하지만 인세는 못줘."

재정난으로 인세도 못줄 형편이 되자 그나마 글 써서 보내주던 작가도 하나 둘 떠나갔다.

"인세는 안 줘도 되는데 내가 여행기를 쓸 수 있을까?

여행도 잘 다니지 않는데."

"다른 곳에 사는 사람에게는 네가 사는 데가 여행지야. 꼭 여행이야기가 아니라도 괜찮아. 수필이나 에세이를 써서 보내줘도 돼."

간곡한 부탁에 어쩔 수 없이 쓰겠다고 했다.

지난 번 홍도 다녀왔던 기억을 떠올려 글을 써봤지만 마음에 들지 않았다. 글 쓰려고 간 여행이 아니라 쓴 글을 잊으려 간 여행이었으니 그럴 만도 했다.

여행기보다 수필이 만만하게 느껴졌다. 마음 가는대로 쓰는 글이 수필이니 쉽게 쓸 수 있겠지 생각하고 시작했지만 오산이었다. 첫줄을 썼다 지웠다 반복하는데 문득 이런 의문이 들었다.

'수필이 뭐지?'

수필의 사전적 정의는 '일정한 형식을 따르지 않고 인생이나 자연 또는 일상생활에서의 느낌이나 체험을 생각나는 대로 쓴 산문 형식의 글'이다. 정의대로라면 수필은 무형식의 산문인 셈이다. 하지만 무형식이라고 해서 형식이 없는 것은 아니다만약 그렇다면 소설이나 시와 장르 구별이 생기지도 않았을 것이다. 여기서 무형식이라는 말은 '자유롭게 쓴 글'이란 뜻에 가깝다.

논술과 달리 문학은 이성, 논리보다는 감성, 감정, 감각을 통해 내용을 전달한다. 그런데 문학 장르에서도 감성, 감정의 비중이 다르다. 시는 서정시抒情詩가 대세이듯 감정이 중심이다. 따라서 절규하듯 내지른다. 반면 소설은 인과론을 따른다. 그래서 소설은 치밀한 묘사, 정보를 전달하는 대화 위주로 전개된다. 수필은 산문이라 소설에 가깝지만 시처럼 압축되고 여운 있는 단어를 선호한다. 군이 말하자면 시와 소설의 중간에 있는 셈이다. 분량도 A4 3장, 원고지 15매 정도로 시보다는 길고 소설보다 짧다.

이러한 특징이 있어 수필은 다른 장르의 표현방법을 가져오기도 한다. 즉 시처럼 운율을 살리거나 아예 시를 삽입하기도 하고, 소설처럼 묘사나 대화를 사용하거나, 어디선가 보거나 들은 짧은 일화를 넣고 비평가처럼 자신의 의견을 밝히기도 한다.

수필의 고유한 특징은 작가와 주인공이 같다는 점이다. 즉 자신이 겪거나 관찰한 내용을 제재로 삼고 이런 진솔한 고백이 독자의 신뢰를 얻는다. 글을 쓰는 순서도 다르다. 일반적으로 논술은 주제를 먼저 정하고 그에 맞는 사례, 제재를 모은다. 하지만 수필은 제재를 먼저 발굴하고 그에 대해 써나가면서 주제가 결정되는 경우가 많다. 한마디로 수필은 제재 중심의 글이다.

여기까지 생각을 정리하자 두 가지 틀이 생각났다. [마인드맵]과 [만다라트]다. 둘 모두 가운데 중심 주제 또는 제재를 써넣고 사고를 확산하거나 아이디어를 낼 때 사용하는 틀이다.

널리 알려진 [마인드맵]은 가운데 중심 단어를 쓰고 연상되는 하위 단어로 확산해 나간다. 문제는 연상법을 사용하기 때문에 연결 관계가 애매해질 수 있다. 원숭이 똥구멍은 빨개 – 빨간 건 사과 – 사과는 맛있어 – 식으로 흐를 수 있다.

사람들에게 잘 알려지지 않은 [만다라트]는 불교 그림 만다라에서 아이디어를 얻어 만든 틀이다. 만다라는 원과

네모, 연꽃 등을 주로 그리는데 만다라트는 겹겹으로 피어 나는 연꽃을 닮아 [연꽃 개화 기법]이라고도 불린다.

만다라트는 가운데 있는 사각형에 단어를 써넣은 다음 이 사각형의 주변을 같은 크기의 8개 사각형으로 에워싼 다. 그런 다음 중심 단어에서 연상되는 단어를 주위 사각형 에 채워 넣는다. 얼핏 마인드맵과 비슷해 보이지만 같은 크 기의 8개 칸을 강제로 채우는 점이 다르다. 이런 식으로 주 변 칸을 채우니 아이디어가 폭넓게 나오고, 중심 단어와 연 관된 논리 체계가 생겨 일목요연하게 전체를 살필 수 있다. 다시 8개의 사각형을 둘러 8 × 8 = 64개의 사각형을 만들 수 있지만 64개는 다 채우기 버겁다. 이럴 때는 더 많은 아 이디어가 나오는 부분에 집중해서 확산하면 된다. 자서전 쓰기에서 별표(★)친 부분을 중심으로 썼듯, 그런 부분을 중 심으로 글을 구성하면 쓰기 쉽다.

나는 '고향'을 제재로 만다라트를 작성해 보았다.

만다라트를 작성하며 '구글 어스'로 옛날 살던 동네를 살피는데 '달동네 박물관'이란 명칭이 눈에 들어왔다. 검색 해보니 내가 살던 수도국산에 옛날 달동네 모습을 관람할

						이사	꽃	산
						월세	**달동네**	바다
						박물관	관람객	옛 집터
			겨울	인천	달동네			
			책방	**고향**	공장			
			극장	장사	시장			

수 있도록 박물관을 만들었다. 수도국산 달동네는 한국전쟁 때 피난민들이 몰려와 천막을 치고 살다 마을을 이룬 곳이다.

　토요일이 오기를 기다려 달동네 박물관에 갔다. 산꼭대기에 서자 멀리 바다가 보였고 공장 굴뚝에서는 여전히 잿빛 연기가 뿜어 나왔다. 아파트가 들어서 여섯 번 이사하며 옮겨 살던 초가, 루핑, 슬레이트, 함석, 양철지붕 집은 모두 사라졌다. 빈집 마당에 말라가는 꽃들만 고개를 흔들며 나를 반겼다.

● 실습

쓰고 싶은 제재를 골라 떠오르는 기억을 [만다라트]로 정리해보자. (주제를 쓰고 아이디어를 내는 데 활용해도 좋다.)

● 메모

_____

_____

_____

_____

_____

20

오감을 이용하는
[묘사법]

[만다라트]로 제재를 찾고 구성까지 마쳤으니 이제는 글로 풀어쓸 차례였다.

문학에서는 표현방법으로 '서사' '묘사' '대사' 3가지를 주로 쓴다'설명'은 논술이나 비즈니스 글에서 사용한다. 이 3가지 방법을 적절히 섞어 써야 생동감이 느껴지고 독자도 흥미를 잃지 않는다.

이야기는 '시간 흐름이나 공간 변화에 따라 인간의 움직임을 서술'한 것이다. 독일의 철학자 칸트에 의하면 인식의 시초는 시간과 공간이다. 이야기도 다르지 않다. 힐머니 이야기도 '옛날시간 어느 마을공간에 홍길동인간이라는 사람이 살았는데...'로 시작한다. 따라서 인물을 둘러싼 상황을 먼저 제시해야 하는데 문학에서는 이를 '배경'이라 한다. 처음 설정된 이 시간과 공간이 변화하는 것이 서사다.

　일반적으로 서사는 시간을 따라 전개하지만 극적 효과를 높이기 위해 결과와 원인을 뒤섞어 놓기도 한다. 예를 들어 추리소설은 살인 등 결과가 먼저 나오고 탐정이 원인을 파헤치는 방식으로 진행된다. 현대소설은 첫 장면부터 독자의 시선을 끌어들이기 위해 사건을 보여준 다음 배경을 설명하기도 한다. 변화를 일으키는 최소 단위는 행동이다. 행동이 모여 사건이 되고, 이유가 밝혀진다. 수필에서 관찰과 행동 주체는 작가지만 소설은 주인공의 눈으로 바라보고 허구적 사건을 넣을 수 있다는 점이 다르다.

　묘사는 '어느 한 순간의 대상을 그대로 보여주는 것'이다. 서사가 순서도라면 묘사는 구조도다. 묘사에는 풍경 또는 인물을 그리는 외부묘사와 인물의 심리를 표현한 내부묘사가 있다. 심리묘사라 해서 꼭 독백이나 설명으로 마음 상태를 늘어놓을 필요는 없다. '볼이 빨개졌다' '손이 덜덜 떨렸다'처럼 몸이나 행동으로 보여줄 수도 있다.

　묘사를 잘 하려면 어떻게 해야 할까? 앞에 언급한 '문학은 감성, 감정, 감각을 통해 내용을 전달한다'는 말에 답이 있다. 설명은 논리로 이해시키지만 묘사는 감각으로 전달한다. 즉 오감을 활용한다. 흔히 '머릿속에 그림이 그려지게 쓰라'는 말을 하는데 이런 글을 쓰려면 시각, 청각, 촉각, 후각, 미각, 즉 오감을 이용해 표현해야 한다.

시각 : 떨어진 빗방울이 흙바닥에 스며들었다

청각 : 빗줄기가 나뭇잎을 두드리는 소리가 들렸다

촉각 : 차가운 빗물이 등을 타고 흘렀다

후각 : 빗속에 은은한 꽃향기가 풍겨왔다

미각 : 빗물에서 흙 맛이 났다

[묘사법] 틀을 이용해 묘사를 연습할 수 있다.

대사는 사람이 하는 말로 대화, 독백, 방백이 있다. 영화나 연극에서는 독백이나 방백도 쓰지만 수필이나 소설에서는 대화를 주로 사용한다. 일반적으로 대화는 의사소통, 정보전달의 역할을 하지만 대화의 기능은 이게 다가 아니다. 깊이 들여다보면 **대화는 '사람이 사람에게 하는 행동'이**

오감	달동네 박물관 1	달동네 박물관 2
시각	• 20층 아파트가 거인처럼 길을 막았다.	
청각	• 상인들의 호객 소리가 들렸다.	
촉각	• 차가운 비바람이 얼굴을 때렸다.	
후각	• 썩어가는 나무 냄새가 났다.	
미각	• 달고나에서 쇳기(쇠의 맛)가 느껴졌다.	

다. 우리는 말로 뜻과 의지, 감정을 전한다. 다시 말해 대화는 말로 상대를 움직이게 하려는 행위다_{딸을 유괴한 납치범의 전화로 시작되는 이야기를 생각해보라.} 이밖에도 대화를 이용해 말하는 사람의 성격, 상대와의 갈등 관계를 드러내고 생각도 털어놓게 할 수 있다. 대화는 일상생활에서 많이 사용하기에 독자를 끌어들이는 탁월한 힘을 지녔다.

서사나 묘사는 표준어, 문어체로 쓰지만 대화는 사투리, 구어체를 써도 된다. 그래야 현장감이 느껴지기 때문이다. 그렇다고 비속어나 방언, 독자가 알아듣지 못하는 말을 남발해서는 안 된다. 자연스럽게 읽히고 이해되는 수준에서 써야 한다.

정리하면 서사는 사건 위주로 진행되고, 묘사는 대상을 감각적으로 나타내고, 대화는 정보를 전달한다. 이러한 표현법은 삶을 축약한 것이다. 우리는 행동하고, 관찰하고, 말하며 산다.

표현법은 장르별로 비중이 다르다. 자신의 생각을 직접적으로 토로하는 수필은 서사나 묘사를 주로 쓰고 대화는 거의 사용하지 않는다. 소설은 3가지를 비슷한 비중으로 쓰지만, 웹소설에서는 대화를 많이 쓴다. 대화로 줄을 바꿔 쓰면 눈에 잘 들어오고 스크롤하기 쉽기 때문이다. 영화 역시 화면으로 대상을 보여주기 때문에 대화를 주로 사용한다.

구성한 내용을 '달동네 박물관'이란 수필로 써서 친구에게 보냈다. 수필은 제재를 제목으로 삼는 경우가 많다.

● 실습

제재를 정해 묘사 연습을 해보자. 묘사를 잘 해야 '그림이 그려지는' 글을 쓸
수 있다.

오감		
시각		
청각		
촉각		
후각		
미각		

● 메모

5부

소설 쓰기

소설에서 쓰는 4단계 흐름도 이와
비슷하다. 분량 역시 1/4씩 차지하고
단계마다 보여줘야 할 극적 효과는
다르지만 전체 흐름과 주제는
일관성 있게 이어진다. 비유하면
이어달리기와 같다. 주자가 바뀌어도
바통은 하나다. 이어달리기에서
주자가 바뀌듯 상황을 다음 단계로
이끄는 극적 사건이 각 단계의 끝에서
발생하는데 이를 '플롯 포인트'라
한다. 모든 주자가 자기 역할을 잘 한
팀이 우승할 가능성이 높은 것처럼
단계마다 목표로 하는 효과를 잘 내야
우수한 작품이 된다.

21

소설의 출발점
[매슬로우 욕구 8단계]

비즈니스에서도 스토리텔링이 유행하고 있다. 관련 책이 쏟아져 나오고 실제 기업에서 활용한다. 세계적인 미래학자 롤프 옌센은 이런 현상을 '정보의 시대는 가고 감성의 시대가 왔다'고 표현했다.

기업에서는 아이디어 발상이나 홍보에 많이 활용하는데 이때 사용하는 대표적인 틀이 [스토리보드]다. 만화처럼 4컷짜리 글과 그림으로 구성하고 다음과 같이 진행한다.

1. 주인공은 누구인가(주로 고객이다)?

2. 어떤 문제를 겪고 있나? 무엇을 바라나?

3. 문제를 어떻게 해결하나?

4. 문제가 해결되면 어떤 상태가 되나?

소설 구성과 크게 다르지 않다. 공통점은 다음과 같다.

- 소설의 주인공은 사람이고 고객도 사람이다
- 소설은 감성을 입혀 정보를 전달하는 기업 홍보와 비슷하다
- 소설은 갈등, 문제 해결 과정이고 기업 활동 역시 다르지 않다

본격적으로 소설을 살펴보기 전에 비슷한 맥락을 가진 이야기storytelling를 살펴보자. 이야기는 가장 오래된 장르다. 그리스신화나 단군신화처럼 구전으로 전해져 오다 글로 정리됐다. 요새 아이들도 그림책을 보거나 이야기를 듣고 자라 커서도 소설책이나 드라마에 빠져 산다.

이야기를 좋아하는 이유는 사람이 감정의 동물이기 때문이다. 이성은 노력을 기울여야 하는 반면 감정은 자연적으로 읽히고, 감정이 움직이지 않으면 받아들이지 않는다. 한 예로 부부싸움에서 논쟁에 이겼다고 상대를 설득시키거나 화목해지기는 어렵다. 그런데 이야기는 이성과 감정

을 골고루 자극하기 때문에 받아들이기도, 기억하기도 쉽다. 이런 이유로 논리적인 설명보다 일화나 사례가 설득력이 강하다. 그리고 사람은 의미를 추구한다. 용기, 도전, 의지... 윤리, 헌신, 사랑... 동물은 자연이 정한대로 자라고 쓰임새도 정해져있지만 사람은 자기가 정한 목표, 의미에 따라 다르게 성장한다. 《죽음의 수용소에서》를 쓴 정신의학자 빅터 프랭클은 아우슈비츠에서도 자기가 살아야 할 의미를 갖고 있는 사람은 버텼다고 증언했다. 프로이드 식으로 말하자면 소설은 이드욕구, 감정와 슈퍼에고이상적 자아, 의미를 조절하는 에고자아와 비슷하다. 이렇듯 인간의 모습과 밀접한 장르이기에 이야기는 지금까지 살아남았다.

최초의 이야기는 인간 삶에 도움이 되는 정보를 교환하는 과정에서 탄생했으리라 추측된다. 어떤 식물을 먹고 죽었다는 이야기에서 들소 사냥에 실패하거나 성공한 경험담을 주고받으며 발전했다. 사회적 동물인 인간에게 정신적으로 '일용할 양식' 역할을 하던 이야기가 판매 가능한 상품 형태로 발전한 게 소설이다. 아직도 소설에는 성공과 실패 같은 이야기의 흔적이 남아있다.

소설은 주인공이 '욕구나 의미를'를 추구하면서 시작되지만 주인공이 바라지 않은 불행한 사건이 발생해 어쩔 수 없이 행동에 나서기도 한다. 그럴 때 주인공의 바람은 문제 해결 형식을 띤다. 하지만 성공은 쉽게 이루어지지 않고, 문제는 해결되지 않는다. 이를 가로막는 장애물이 있기 때문이다. 그래서 소설은 주인공이 장애를 극복하는 일련의 행위로 이어지고, 이 과정을 지켜보면서 독자는 삶의 지혜를 얻는다. 해피엔딩이든 새드엔딩이든 소설을 읽으며 독자는 어떤 사고방식, 행동이 성공 확률을 높이고 바람직한 삶에 이르게 하는지 깨닫는다.

소설에서 다루는 주된 주제를 살펴보면 이런 특징이 잘 나타난다.

1. 힘든 시간을 이겨낸 사람들이 그 과정에서 얻는 교훈(문제 해결)

2. 평범한 사람이 삶의 시련에 직면한 이야기(공감을 통한 카타르시스)

3. 작가의 세계관, 가치관('권선징악'처럼 지금이 액션 영화까지 이어져 본 가치관이 있는가 하면 '페미니즘'처럼 새롭게 등장하는 가치관도 있다)

이렇듯 욕구와 의미가 소설의 출발점이 되지만 전체 흐름은 욕구에서 시작돼 의미를 추구하는 경우가 많다. 욕구는 구체적, 감각적이고 의미는 추상적이라 설명에 시간이 걸리기 때문이다. 따라서 욕구를 알아야 소설을 시작하기 쉬운데 다양한 욕구를 8단계로 정리한 사람이 있다. 미국의 심리학자 에이브러햄 매슬로우Abraham Maslow 다.

단계	욕구	내용
1	생리적 욕구	• 산소, 음식, 수면, 의복, 주거 등 삶 그 자체를 유지하기 위한 욕구
2	안전 욕구	• 신체의 위험과 생리적 욕구 박탈로부터 자유로워지려는 욕구
3	소속 및 애정 욕구	• 다른 사람들과 관계를 맺고 사랑하고 사랑받고 싶은 욕구
4	존중, 존경의 욕구	• 내적 외적으로 인정을 받으면서 어떤 지위를 확보하기를 원하는 욕구
5	인지적 욕구	• 지식과 기술, 주변 환경에 대한 호기심과 이해의 욕구
6	심미적 욕구	• 질서와 안정을 바라며 아름다움을 추구하는 욕구
7	자아실현 욕구	• 자기발전을 위하여 잠재력을 극대화, 자기의 완성을 바라는 욕구
8	자아초월 욕구	• 자기자신을 초월하여 다른것을 만들어내고자 하는 이타적인 욕구

최초에는 5단계였으나 후에 매슬로우와 제자들이 3단계를 추가했다. 그의 이론을 간략히 정리하면 다음과 같다.

- 인간은 무엇인가를 필요로 하는 존재로서, 충족되지 않은 욕구는 행동을 일으킨다
- 인간의 욕구는 충족되어야 할 순서가 있어, 하위 욕구가 충족돼야 다음 단계를 추구한다
- 1~4 단계는 결핍욕구로 일단 만족되면 동기가 감소하지만, 5~8 단계는 성장욕구로 충족되면 충족될수록 더 높은 수준을 달성하려는 동기가 강화된다

매슬로우의 욕구 단계설은 최근 비판을 받고 있는데 주된 내용은 다음과 같다.

- 인간의 욕구 단계는 임의적인 것이 아닌가?
- 욕구가 충족되었다 해서 다음 단계를 추구하는가?
- 인간의 행동을 한 가지 욕구만으로 설명하는 것이 맞는가? 복

합적으로 일어나지 않는가?

— 단식 투쟁 등 욕구위계이론에 반하는 사례도 있지 않은가?

위 비판이 옳다 해도 **인간의 욕구를 살펴보는 모델로서 여전히 매슬로우 이론은 유용하다. 특히 소설을 쓰는 사람은 이 모델을 활용하면 착상을 쉽게 할 수 있다.** 요새 유행하는 '타임 슬립'을 단적인 예로 들 수 있다. 어른이 초등학생이 돼 천재로 대우받는 것은 '존중, 존경의 욕구', 불화를 겪는 부부가 연애할 때로 돌아가 사랑을 회복하는 것은 '소속 및 애정의 욕구'를 충족시키려는 스토리다. 역사의 흐름을 알고 있는 사람이 과거로 가서 영웅이 되거나, 우연히 놀라운 초능력을 갖게 되는 것도 마찬가지다. 다만 욕구는 복합적으로 작용할 수 있다. 1단계 생존 욕구도 달성하지 못한 주인공이 5단계 자아실현을 위한 추구도 가능하고, 재난영화는 2단계 안전욕구를 충족시키는 방향으로 진행되지만 관객은 5단계 인지적 지식, 즉 자연현상에 대한 과학지식을 충족하려 볼 수도 있다.

● 실습

주인공의 욕구를 정리하고 이를 출발점으로 삼아 소설을 구상해보자. 하위
단계 욕구는 강력하지만 단순하고, 상위단계 욕구는 절박하지는 않지만 복잡
하다.

단계	욕구	주인공의 욕구
1	생리적 욕구	
2	안전 욕구	
3	소속 및 애정 욕구	
4	존중, 존경의 욕구	
5	인지적 욕구	
6	심미적 욕구	
7	자아실현 욕구	
8	자아초월 욕구	

● 메모

_____

_____

_____

_____

22 이야기를 만드는
[시나리오 그래프]

육하원칙은 기사문에 반드시 들어가야 할 여섯 가지 요소를 말한다. 언제when, 어디서where, 누가who, 무엇을what, 왜why, 어떻게how의 앞 여섯 글자를 따서 5W1H라고도 한다. 5W1H는 기사를 작성할 때뿐만 아니라 모든 글쓰기의 기초다. 예를 들어 기업에서 '마케팅 계획'을 수립하거나 '불량 작업 개선'을 할 때도 육하원칙에 따라 정리하고 해결책을 모색한다.

– 주제 : 불량 작업 개선 대책

– 언제 : 야간작업 시

– 어디서 : 1공장 3라인에서

－ 누가 : 야간 작업자들이

－ 무엇을 : 포장 작업에서

－ 왜 : 피로로 인해 주의력을 잃어

－ 어떻게 : 박스 포장을 허술하게 해 제품이 오염됨

이런 식으로 정리만 해도 언제, 어디서, 누가 문제를 발생시키는 지 알 수 있어 작업자를 늘리거나, 기계로 대체하는 등 대책을 세우기 쉽다

소설을 구상할 때도 육하원칙 6가지 질문을 통해 뼈대를 세운다. 육하원칙의 각 질문에 대응하는 소설 구성 요소를 살펴보겠다.

－ 언제 : 시대 배경

－ 어디서 : 무대, 장소

－ 누가 : 주인공

－ 무엇을 : 사건

－ 왜 : 이유, 동기

－ 어떻게 : 방법, 과정

답에 따라 내용이 달라진다. '언제'를 어떻게 정하느냐에 따라 시대극이 될 수도, 현대물이 될 수도 있다. '어디서'를 전쟁터로 정하느냐, 회사로 정하느냐에 따라 이야기 전개가 달라진다. 소설 구상을 할 때 유용하게 쓸 수 있는 도구가 [시나리오 그래프]다.

시나리오 그래프는 6가지 질문에 답하는 여러 내용을 나열한 다음 다양하게 조합하면서 발상하는 틀이다. **내용을 무작위로 조합해 이야기를 만들다 보면 평소 생각지도 않았던 아이디어가 떠오른다.**

언제	석기시대	삼국시대	중세시대	**현대**
어디서	왕궁	전쟁터	**종교집단**	회사
누가	<u>의사</u>	회사원	군인	변호사
무엇을	발명	**싸움**	범죄	사랑
왜	인정받으려	생존하려	**사람을 구하려**	돈 벌려고
어떻게	노력하다	숨어서 하다	시간을 뛰어넘다	**빙의하다**

이런 식으로 답이 되는 요소를 여러 개 적어 넣은 후 무작위로 연결해 구상해 보고, 생각이 막히면 일부 요소를 바

꾸거나 다른 조합을 만들어 본다.

채워 넣을 요소가 생각나지 않으면 평소 자신이 좋아하는 장르, 즐겨 읽던 책들의 내용을 가져다 넣는다. 처음 소설을 쓰는 사람은 자신이 좋아하는 장르로 시작해야 글쓰기가 즐겁고, 흐름을 알기 때문에 내용 전개가 쉽다. 다만 기존 작가를 답습해서는 경쟁력이 생기지 않으니 여기 소개한 시나리오 그래프를 활용해 변형을 꾀해야 한다.

소설을 쓸 때 6가지 질문 중 가장 깊이 고민해야 할 질문은 주인공who이다. 소설이나 드라마는 주인공의 비중이 압도적으로 크다. 드라마에서 주인공 캐스팅에 각별히 신경 쓰는 것처럼 소설가는 주인공 캐릭터를 공들여 완성해야 한다. 유명한 시나리오작가 시드 필드Syd Field는 주인공의 중요성을 이렇게 강조했다. '만일 당신이 등장인물을 이해하고 필요성욕망을 알면 장애물을 고안해 낼 수 있다. 필요성 없이는 등장인물도 없다. 등장인물이 없으면 줄거리도 없다. 즉 등장인물이 줄거리이다.'

주인공이 중요한 이유를 구체적으로 살펴보자.

첫째, 독자는 주인공의 눈을 통해 사건을 관찰한다. 계속 주인공을 따라다녀야 하는데 매력적이지 않으면 싫증을 느껴 책을 덮는다.

둘째, 독자는 주인공을 통해 섬세한 감정까지 느끼고 싶어 한다. 그런 주인공이라야 계속 책장을 넘긴다.

셋째, 따라서 주인공에게 영향을 미치지 못하는 사건은 의미가 없다. 누가 스쳐 지나가는 포장마차 주인의 어린 시절 이야기에 관심을 갖겠는가? 하지만 주인공의 어린 시절이라면 다르다. 지금의 성격을 형성했기 때문이다.

정리하면 독자는 주인공의 눈을 통해 바라보고, 느끼며, 따라다닌다. 따라서 소설이 끝날 때까지 침식을 같이하고 싶은 사람을 주인공으로 만들어야 한다.

그럼, 어떤 주인공이 독자의 마음을 끄는가?

먼저 우리와 비슷한 사람이어야 한다. 그래야 공감하기 쉽기 때문이다. 우리는 늘 크고 작은 어려움과 걱정을 안고 산다. 주인공도 그래야 한다. 동시에 어려움에 굴하지 않고 도전하는 인물이어야 한다. 유머와 재치, 남을 배려하는 마음, 올바른 신념과 가치관을 가진 사람이면 더 좋다. 그런 사람이 되고 싶어 우리는 책을 읽고 드라마를 본다.

나아가 진짜 사람 같은 느낌을 주는 입체적인 캐릭터여야 한다. 평면적인 캐릭터는 특성이 하나밖에 없지만 입체적인 캐릭터는 다면적이며, 변화의 여지를 갖추고 있다. 평소에는 약해보이지만 위기에 강한 여자, 다 갖춘 재벌 2세지만 트라우마 때문에 고통 받고 있는 남자... 이렇게 다양한 모습을 보여줘야 살아있는 사람 같은 느낌을 준다. 실제로도 그렇다. 약하기 만한 사람 없고 걱정 없는 재벌도 없다. 만약 약하기만 한 사람이거나, 걱정 없는 재벌이라면 주인공으로 삼으면 안 된다.

● 실습

[시나리오 그래프]를 이용해 이야기를 다양하게 구상해보자. 새로운 아이디어를 얻으려면 마음을 열고 여러 가능성을 검토해 봐야 한다.

언제				
어디서				
누가				
무엇을				
왜				
어떻게				

● 메모

_____

_____

_____

_____

_____

_____

_____

23

콘셉트를 완성하는
[5Whys]

주인공이 중요하고 의미 있는 바람욕구을 추구하나 이를 가로막는 장애물이 있어 이에 도전하고 극복하려는 행동이 이야기다. 이때 발생하는 대립과 충돌을 '갈등'이라고 하는데 외적 갈등은 다른 인물, 집단, 사회 등 나를 둘러싼 환경과 대립하면서 발생하고, 내적 갈등은 자신의 감정, 트라우마 등과 싸우는 것을 말한다. 주인공이 이를 극복하려 할 때 '목표'가 생긴다.

기업 역시 목표를 갖고 활동하기에 큰 틀에서 보면 이야기와 지향점이 같다. 기업에서는 목표와 현재 상태 간의 격차gap를 '문제'라고 정의한다. [TAPS]는 목표와 현실간의 격차를 설명하고 해결책을 모색할 때 사용하는 틀이다.

영어 앞 글자를 따서 4단계로 정리한다.

1. *미래 모습(To be) : 미래에 달성해야 할 이상적인 모습을 나타낸다*

2. *현재 모습(As is) : 현재의 모습이 어떤지 나열한다*

3. *문제 상황(Problem) : 문제가 발생한 이유를 보여준다*

4. *해결 방안(Solution) : 설정한 문제의 해결 방법을 알려준다*

이때 가장 핵심적인 요소가 문제 발생 이유다. 이유를 정확히 알아야 올바른 해결책을 적용할 수 있기 때문이다. [5Whys]는 근본적인 이유를 찾기 위해 사용하는 틀이다. 5번 질문하라는 게 아니라 계속 질문하면서 깊이 있게 파 들어 가라는 뜻이다.

5Whys는 일본 도요타에서 개발해 혁신 활동에 널리 사용되고 있다. 5Whys로 문제를 해결한 사례를 살펴보자.

Why 1 : 왜 기계가 작동을 멈추었나? 과부하로 퓨즈가 끊어졌기 때문이다

Why 2 : 왜 과부하가 발생했나? 베어링의 윤활이 충분치 않았기 때문이다

Why 3 : 왜 윤활이 충분치 않았나? 윤활펌프가 제대로 작동하지 않았다

Why 4 : 왜 윤활펌프가 제대로 작동하지 않았나? 펌프의 주축이 마모되었기 때문이다

Why 5 : 왜 주축이 마모되었나? 여과기가 부착되어 있지 않아 금속 부스러기가 들어갔기 때문이다

깊이 있게 질문을 해나가다 보면 해결책이 저절로 드러난다.

소설이나 드라마에서는 5Whys를 사용해 '콘셉트'를 구성할 수 있다. 콘셉트의 사전적 정의는 '어떤 작품이나 제품, 공연, 행사 따위에서 드러내려고 하는 주된 생각'이다. 얼핏 '주제'와 비슷해 보이지만 구체적 행위, 전개를 통해 드러내야 한다는 점이 다르다. 뇌는 맥락 속에서 사건을 이해한다. 이 구체적인 맥락이 콘셉트이고 단순하게는 줄거리를 압축한 내용을 말한다.

내가 쓴 소설을 예로 들어 콘셉트 구성에 5Whys를 활용하는 방법을 알아보겠다.

주인공은 삼국유사에 나오는 '세오녀의 비단'을 찾으려 함

왜?	비단을 찾다 실종된 시인을 찾기 위해서임
왜?	국내 극우단체의 방해로 시인을 찾기 어려움
왜?	극우단체가 방해하는 이유는 그들의 비행이 밝혀질까 두렵기 때문
왜?	조력자의 도움으로 방해를 극복하고 시인의 행방을 알아냄
왜?	일본에 가서도 극우단체의 방해가 지속됨

개략적으로 정리했지만 실제 구상할 때는 갈등과 해결을 생각하며 전개해나간다. 이렇게 '왜?'라는 질문을 염두에 두고 구상하면 앞뒤가 연결되는 콘셉트를 만들 수 있다.

해결책을 구상할 때는 [시즈 사고, seeds]와 [니즈 사고, needs]를 활용한다. 시즈 사고는 기업이 갖고 있는 자원, 강점을 살려 가치를 창출하는 사고법이다. 따라서 '가지고 있는 것을 어떻게 활용할까?' 고민하며 아이디어를 낸다. 가지고 있는 것만 잘 써먹어도 문제 해결을 쉽게 하고 가치를 키울 수 있다. 그러려면 먼저 가지고 있는 자원, 강점 등 능력을 파악하고 있어야 한다.

이를 소설에 응용하면 주인공이 가진 능력과 연계할 수 있다. 재벌 2세라면 돈과 조직을 부릴 수 있고, 히어로물처럼 특별한 능력을 가졌다면 이를 활용할 수 있다. 기업과 달리 소설은 상상의 영역이니 주인공에게 온갖 능력을 부여할 수 있다. 주의할 점은 주인공이 전지전능해질수록 소설은 재미없어진다. 일정한 제약이 있어야 갈등이 발생하고 그래야 재미있다. 슈퍼맨에게도 힘을 빨아들이는 크립토나이트가 있고, 그의 힘을 능가하는 강력한 악당이 등장했다.

니즈 사고는 고객의 희망하는 바를 파악해 아이디어를 내는 사고법이다. 그러려면 먼저 관찰을 통해 고객의 니즈, 욕구를 찾아내야 한다. 고객의 행동에서 보이는 니즈는 물론 무의식에 잠재해 있는 니즈까지 파악할 수 있어야 베스트셀러 상품을 만들 수 있다.

사람 사는 세상처럼 소설에서도 주인공 외에 여러 인물이 등장한다. 주인공이 이들을 도우며 성장해야 독자의 관심과 공감을 얻을 수 있다. 따라서 소설 속 주인공도 자신뿐 아니라 주변 사람들의 니즈를 파악하고 도울 방법을 고민해야 한다.

시즈 사고와 니즈 사고는 한 쌍을 이룬다. 문제를 알았다 해도 능력이 있어야 해결할 수 있고, 능력이 있다 해도 쓰지 않으면 소용없기 때문이다. 이 두 방법을 합치면 '능력 – 관찰 – 니즈 – 해결'의 흐름이 된다. 예를 들어 격투기 고수능력 – 약자가 괴롭힘을 당함관찰 – 구해주기를 바람인물 – 싸워서 구출해결하는 식이다. 시즈 사고와 니즈 사고를 오가며 고민하면 참신한 해결책이 떠오른다.

[5Whys]를 이용해 콘셉트를 구상해보자. 계속 갈등을 일으키고 이에 대응하는
과정을 떠올리며 작성한다.

▼

왜?	
왜?	
왜?	
왜?	
왜?	

● 메모

_____

_____

_____

_____

_____

24

소설 설계도
[플롯 구성도]

이야기를 시간 순으로 단순 나열하는 방식은 독자의 흥미를 끌기도 지속시키기도 어렵다. 독자가 계속 관심을 갖도록 줄거리를 구성하는 것을 소설에서는 플롯plot이라고 한다. 사전적 정의로는 '극적 효과와 감정선, 그리고 주제 의식이 드러나도록 의도적으로 배치한 인과적 사건의 연속'을 뜻한다. 현대에 들어 영화 시나리오를 중심으로 플롯이 발달했는데 이를 체계적으로 정리한 사람이 시드 필드Syd Field다.

시드 필드는 처음에 설정 – 대립 – 해결의 3단계 플롯을 제시했으나 뒤에 대립 부분을 둘로 나눠 4단계로 제시했다. 현재는 발단 – 전개 – 대립 – 결말의 4단계가 일반적인 모형으로 자리 잡았다. 이는 한시에서 쓰는 기 - 승 - 전 - 결과 비슷하다. 기승전결 구조는 '기'에서 시상을 일으키고 '승'에서 그것을 이어받아 발전시키며 '전'에서 새롭게 전환시킨 다음 '결'에서 전체를 묶는 한편 여운을 남긴다.정지상의 '송인', 김소월의 '실버들'참조.

소설에서 쓰는 4단계 흐름도 이와 비슷하다. 분량 역시 1/4씩 차지하고 단계마다 보여줘야 할 극적 효과는 다르지만 전체 흐름과 주제는 일관성 있게 이어진다. 비유하면 이어달리기와 같다. 주자가 바뀌어도 바통은 하나다. 이어달리기에서 주자가 바뀌듯 상황을 다음 단계로 이끄는 극적 사건이 각 단계의 끝에서 발생하는데 이를 '플롯 포인트'라 한다. 모든 주자가 자기 역할을 잘 한 팀이 우승할 가능성이 높은 것처럼 단계마다 목표로 하는 효과를 잘 내야 우수한 작품이 된다. 단계별로 들어가야 할 내용과 목표를 구체적으로 살펴보자.

'발단'에서는 상황을 설정한다. 시간, 공간적 배경과 주인공을 비롯한 등장인물을 소개하고 위험 요소를 배치해 불길한 전조를 암시한다. 주인공에게 닥칠 모든 갈등을 드러내서는 안 된다. 이 단계의 목표는 독자의 관심을 끌고 주인공에게 공감하게 만드는 것이다. 단계의 끝에서 주인공을 새로운 삶으로 이끄는 사건이 발생한다. 예를 들면 행복하게 살던 부부인데 갑자기 남편이 이혼하자고 통보한다.영화 '독신녀 에리카' 참조.

'전개'에서는 위험에 노출된 주인공의 반응을 다룬다. 이 단계에서 주인공의 행동은 수동적이거나 상식적 차원에서 전개된다. 여러 시도를 하지만 번번이 실패로 끝난다. 그러면서 갈등이 심화되고 악당, 위협의 정체가 서서히 드러난다. 이혼 당한 여자는 모든 남자를 적대시하고 우울증에 빠져 정신과 치료를 받는다. 끝의 플롯 포인트는 다른 남자를 적극적으로 만나라고 권유하는 의사의 말이다.

'대립'에서는 악당, 위협 등 악의 정체가 드러나고 주인공은 이에 적극적으로 대응한다. 내면의 심리적 갈등을 극복하고, 새로운 정보를 얻고, 조력자의 도움을 받거나 창의적인 시도로 악과 팽팽하게 맞선다. 이 단계의 목표는 악의 본질을 드러내고 투쟁하는 주인공의 모습을 나타내는 것이다. 의사의 권유를 받아들인 여자는 여러 남자와 섹스에

탐닉한다. 그러다 다시 사랑하는 남자를 만난다.

'해결'에서는 대립을 심화하고 모험을 가속화해서 클라이맥스에 도달한 다음 문제를 마무리 짓는다. 이 단계에서 주인공의 영웅적인 모습이 드러난다. 해피엔딩, 새드엔딩, 또는 제 3의 방식으로 끝낼 수 있지만 작가가 의도한 주제를 드러내고 여운을 남겨야 한다. 여자는 새로운 사랑을 찾지만 남자에게 의존하지 않는 독립적인 여자로 거듭난다.

이를 표로 정리하면 다음과 같다.

단계	주인공(태도)	목표
발단(기)	설정/천진난만	• 시간, 공간 등 배경 설정 • 인물 소개 및 욕망(바람) 소개 • 적수, 장애물, 위험요소 등장 〈플롯포인트〉 사건(갈등) 발생
전개(승)	반응/방랑자 (문제/욕망 → 목표)	• 갈등이 만들어낸 새로운 사건에 반응 • 헛된 시도의 반복 • 새로운 정보를 얻음(스승 등) 〈플롯포인트〉 문제의 원인을 깨달음
대립(전)	공격/전사 (내적 해결 → 외적 해결)	• 내면의 심리적인 장벽을 극복함 • 문제를 해결할 계획을 세움 • 적수, 장애물을 공격함 〈플롯포인트〉 마지막 정보 또는 극적 사건
결말(결)	해결/순교자	• 모험의 가속화 → 클라이맥스 • 영웅적인 모습을 보임 • 문제가 마무리되고 목표가 달성됨

꼭 이대로 쓰라는 것도 아니고 이대로 쓸 수도 없다. 하지만 **플롯 모형을 아는 것은 중요하다. 그래야 전체 흐름을 이해하기 쉽고, 변주도 가능하기 때문이다.** 줄거리를 구성할 때 중요한 점을 몇 가지 덧붙이겠다.

책을 덮고 싶은 부분이 한 군데라도 있어서는 안 된다. 독자는 인내심이 많지 않다. 영화감독 히치콕은 '드라마란 지루함이 잘려나간 삶이다' '지루해질 것 같으면 폭탄을 준비해라' 등의 명언을 남겼다.

그렇다고 이야기를 억지스럽게 전개해서도 안 된다. '데우스 엑스 마키나deux ex machina'라는 그리스 말이 있다. 극의 끝에 갑자기 신이 내려와 모든 문제를 해결하고 인물의 운명까지 정하는 기법을 말한다. 당대의 작법을 정리한 아리스토텔레스마저 쓰지 말라고 신신당부했다. 여태껏 이야기를 따라온 관객을 기만하는 흐름이기 때문이다. 마땅한 해결책이 떠오르지 않는다고 갑자기 주인공에게 전지전능한 힘을 부여하거나, 뜻밖의 행운을 얻게 해서는 안 된다. 주인공은 우리처럼 제약과 갈등을 안고 살아가는 사람이어야 한다. 그래야 갈등을 극복하는 용기와 의지가 빛을 발한다.

반면 너무 많은 사건을 넣으면 독자가 이야기를 쫓아가기 어렵고 격투장면만 있는 무협영화처럼 오히려 지루해질 수 있다. 독자가 이해하고 공감할 시간을 넣어 균형감 있게 전개해야 한다. 노래와 강물도 그렇게 흐른다.

구성이 잘 되지 않을 때는 [역산적 사고]를 해보라. 기업에서 경영계획을 수립할 때 사용하는 역산적 사고는 미래를 기점으로 목표를 수립해 내려오는 사고법이다. 이것저것 얽매이지 않고 생각할 수 있기 때문에 목표를 수립하기 쉽다. 거꾸로 내려올 뿐 정리 방법은 같다. 현재와 미래 목표와의 격차를 파악하고 이를 메울 방법을 장기, 중기, 단기 계획으로 나눠 배치하는 것이다. 소설에서도 이를 응용해 장기, 중기, 단기 목표를 세우고 각 단계마다 부딪힐 갈등, 장애를 넣으면 된다.

주의할 점은, 뒤로 갈수록 갈등이 증폭되도록 구상해야 한다. 실제 인간은 갑자기 어려운 일이 닥치면 선뜻 나서기보다 회피하려 든다. 따라서 처음에는 쉬운 일부터 손대게 하고 사건에 빠져들면서 점점 더 어려운 일에 도전하도록 만들어야 한다. 따라서 클라이맥스 직전의 위협을 가장 강력하고 해결하기 어렵게 구상한다. 그래야 최고조의 긴장과 절정이 형성돼 카타르시스를 느낄 수 있다.

역산적 사고로 구상하면 목표와 갈등을 구성하기 쉽다. 작가가 임의로 설정할 수 있기 때문이다. 문제는 상투적이고 작위적인 느낌을 주는 구상이 되기 쉽다는 점이다. 실제 매순간 생생한 느낌을 부여하려 구상을 하지 않고 쓰는 작가가 있고 쓰다보면 계획대로 흘러가지 않을 수도 있다. 계획과 달리 소설 속 상황이 변하고 주인공도 살아 움직이기 때문이다. 전에 생각지 못했던 참신한 아이디어가 떠오르기도 한다. 이럴 때는 과감하게 최초 계획했던 구상을 바꿔라. 글은 바꿀수록 좋아지고 구상은 할수록 깊어진다.

플롯 모형을 참고해 스토리를 구상해보자. '목표'에는 작가가 의도하는 효과를
일으킬 수 있는 갈등과 사건을 쓴다.

단계	주인공(태도)	목표
발단(기)		
전개(승)		
대립(전)		
결말(결)		

● 메모

_____

_____

_____

_____

_____

25

기발한 상상으로 이끄는
[스캠퍼, SCAMPER]

직유, 은유 같은 비유는 수사법이지만 창의적 발상의 원천이기도 하다. 수사법으로서 비유는 '어떤 현상이나 사물을 직접 설명하지 아니하고 다른 비슷한 현상이나 사물에 빗대어 설명하는 것'이다. 성경은 비유를 많이 썼다. 당시 유대사회는 농경과 목축 사회였다. 듣는 사람 대부분이 글을 모르는 농부나 목자였지만 씨앗과 양에 비유해 설명하니 알아들었다. 예수님은 '사람을 낚는 어부가 되게 하리니'라는 비유로 어부인 베드로를 제자로 삼았다. 이처럼 비유법의 특징은 상대가 알고 있는 지식이나 익숙한 물건을 들어 설명하는 것이다. 그러려면 두 대상 사이에 공통점이 있어야 한다. 여자를 꽃에 비유할 때 둘 사이에는 '아름다움'이라는 공통점이 있다.

이런 특징 때문에 비유는 창의적 발상을 일으킨다. 양을 쫓던 양치기 소년은 덩굴장미의 가시에 착안해 철조망을 만들었고, 스위스의 메스트랄은 끄트머리가 낚시 바늘 같이 생긴 산우엉 씨를 보고 같은 형태로 벨크로 테이프를 만들어 백만장자가 되었다. 직유로 표현하면 '장미 가시 같은 철조망' '산우엉씨 같은 벨크로'가 된다.

비슷한 방식으로 모방 대상을 정해 응용하는 것을 [유추적 사고]라 한다. 유추적 사고는 서로 다른 대상에서 유사점을 찾아 신제품 개발 등 새로운 기획을 할 때 사용한다. 추상화와 구체화의 두 단계로 이루어지는데 신제품 개발 등 목표로 삼는 영역을 타깃, 모방 대상이 되는 영역을 베이스라고 한다. 베이스 영역에서 특성을 추출해 타깃 영역에 적용한다. 모방 대상은 이야기, 일상생활, 경쟁회사, 자연 등 다양하게 응용할 수 있다.

〈스타워즈〉 같은 영화를 보면 강력한 적에 맞서 서로 싸우던 부족이 힘을 합쳐 대항하는 장면이 나온다. 이는 글로벌 경쟁 사회에서 기업이 살아남을 수 있는 방법이기도 하다.

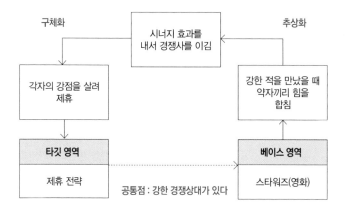

창의적 발상법하면 떠오르는 '브레인스토밍'은 알렉스 오스본이 개발했다. 오스본이 수백 번 워크숍을 개최해보니 공통적으로 나오는 창의성 원리들이 있었는데 이 원리들을 9개로 정리해 '체크리스트'를 만들었다. 아이디어를 낸 후에 이 원리들로 체크해보라는 뜻이었다. 오스본의 제자인 밥 에이벌Bob Eberle은 이 원리를 7개로 압축해 앞 글자를 따서 스캠퍼SCAMPER라 이름 짓고 원리에 따라 아이디어를 내게 하나 효과가 더 좋았다. 스캠퍼는 수백 번의 실험을 거쳐 발굴한 원리들로 이루어졌고 이것이 유추적 사고의 베이스 역할을 한다.

스캠퍼의 7가지 원리는 다음과 같다_{전부 '라면' 예를 듬}.

대체하기(Substitute) : 기존의 대상을 다른 대상으로 대체하면 어떨지 생각한다. 예를 들어 밀가루를 쌀로 대체하면 쌀라면이 된다.

결합하기(Combine) : 결합을 통해 새로운 조합을 만든다. 라면과 짜장을 결합하면 짜장라면이 된다.

응용하기(Adjust) : 다른 데 응용할 수 있는지 생각한다. 컵을 라면 용기로 사용해 컵라면을 만들었다.

변형·확대·축소하기(Modify, Magnify, Minify) : 대상의 특성을 바꾸거나 확대 또는 축소할 수 있는지 생각한다. 컵라면을 크게 하면 사발면이 된다.

용도 바꾸기(Put to other uses) : 현재의 용도가 아니라 새로운 용도로 바꿔 사용할 수 있는지 생각한다. 라면을 과자로 만들어 판다 _(뿌셔뿌셔).

제거하기(Eliminate) : 구성 요소나 기능 중에서 일부를 제거하면 어떨지 생각한다. 스프를 제거하고 음식점에 라면사리만 값싸게 판다.

역발상·재정리하기(Reverse, Rearrange) : 순서나 형식, 구성 등을 바꾸거나 재배열해 본다. 국물을 먼저 만드는 일본식 생라면, 하얀 국물 라면 등이 있다.

스캠퍼를 이야기 발상에도 활용할 수 있다. 스캠퍼를 이용해 '심청전'을 변형해보겠다.

스캠퍼로 스토리 구상하기

결합하면? '춘향전'과 결합한다. 선주가 수청을 들면 공양미 3백석을 주겠다고 한다.

제거하면? '왕'을 제거한다. 결혼을 통해 신분 상승하는 심청이가 아니라 자수성가 하는 여인으로 그린다.

대체하면? '공양미'를 장사 밑천으로 대체한다.

응용하면? 수청을 거절한 심청이에게 호감을 품은 부잣집 아들이 심청이를 사랑한다. (춘향전 응용)

다른 용도로 사용하면? '심청전'에 감명 받은 아이가 안과의사가 돼 사람들을 구한다.

확대 또는 축소하면? 선주는 사악한 악당이다. 공양미 3백석을 심청이 몰래 다시 빼앗는다.

역발상? 사실 심봉사는 눈이 멀지 않았다.

브레인스토밍에 '비판금지'라는 원칙이 있는 것처럼 최초 발상은 어설프다. 비유하면 씨앗이나 마찬가지니 이를 잘 키우고 북돋아야 성장한다.

● 실습

'모방은 창조의 어머니'라는 말이 있다. 스캠퍼로 기존 책 내용을 변형해 자기만의 스토리를 구상해보자.

스캠퍼로 스토리 구상하기

결합하면?

제거하면?

대체하면?

응용하면?

다른 용도로 사용하면?

확대 또는 축소하면?

역발상?

● 메모

_____

_____

_____

_____

_____